BUMSEN
IN BRASILIEN

1-3

Roman von
Rhino Valentino

Aktuelle Infos zu Autor, Verlag und Büchern
sind online erhältlich:
www.rhino-valentino.com
www.stumpp.cc

Hinweise auf weitere Titel
finden Sie am Ende dieses Buches.

Bibliografische Information der Deutschen Nationalbibliothek:
Die Deutsche Nationalbibliothek verzeichnet diese Publikation in der Deutschen
Nationalbibliografie; detaillierte bibliografische Daten sind im Internet über
http://dnb.d-nb.de abrufbar.

Originalausgabe

Erste Auflage Oktober 2013

Copyright © 2013 by Ralf Stumpp Verlag,
Spaichinger Strasse 1, 78582 Balgheim
Cover-Illustration © 2013 by Ralf Stumpp
Alle Rechte vorbehalten.

Für aktuelle Daten und Kontakt-Infos siehe obenstehende Web-Adressen.

ISBN 978-3-86441-043-7

INHALT

TEIL 1

01 : **FAVELA ENGEL**   Seite 7
02 : **EIN UNMORALISCHES ANGEBOT**   Seite 15
03 : **DIE ÄRZTIN MIT DEN HIGH HEELS**   Seite 19
04 : **STRAND DER HEISSEN SÜNDEN**   Seite 25

TEIL 2

05 : **JUNG, GEIL UND BEREIT FÜR ALLES**   Seite 41
06 : **SAU UNTER SÄUEN**   Seite 46
07 : **FAVELA PARTY**   Seite 62

TEIL 3

08 : **MEHR ALS NUR EIN KUSS IM BUS!**   Seite 73
09 : **FEIERALARM UND ZEBRASTREIFEN**   Seite 80
10 : **HEIMKEHR UND HURENLOHN**   Seite 93
11 : **DIE GEILE ALTE MIT DER KALTEN SPALTE**   Seite 96
12 : **LICHT AM DUNKLEN ENDE DER NACHT**   Seite 105

MEHR LIEFERBARE TITEL   Seite 109

TEIL 1

1: FAVELA ENGEL

Die Sonne ging auf. Der Himmel wandelte sich vom trüben Dunkel in ein warmes Orangerot, welches bald in das strahlende Hellblau des Tageslichts übergehen würde.

Angelina blickte aus dem Fenster oder vielmehr der Öffnung, die in das Wellblech geschnitten war. Dickes Klebeband verhinderte, dass sie sich mit den nackten Armen an den scharfen Blechkanten verletzte. Das Wellblech war außen mit ehemals bunten Werbeplakaten beklebt. Sie waren mittlerweile längst vom Sonnenlicht ausgebleicht. Die ursprünglichen Botschaften und Sprüche waren nur noch in schemenhaften Farbschatten zu erahnen: Werbung für Diät-Limonade, Kleinwagen mit alkoholbetriebenen Motoren, Telenovelas mit Romantik und Herzschmerz und unzähliges mehr.

Rocinha lag träge und fast wie gelähmt unter dem stärker werdenden Licht des frühen Morgen. Die Favela hatte mehr als zweihunderttausend Einwohner und erstreckte sich weitläufig über einen der Südhänge Rio de Janeiros. Sie war damit das größte Armenviertel der Stadt. Vielleicht sogar das größte in ganz Brasilien. Dennoch hielt sich der Geräuschpegel momentan noch in Grenzen. Viele Menschen schliefen. Etliche hatten sich bereits zu ihren Arbeitsstellen aufgemacht, die oft in den besseren Gegenden lagen.

Angelina hatte einen guten Ausblick über einen Teil der Favela. In der Ferne sah sie das Meer des Atlantiks schimmern. Wäre die Hütte, in der sie mit ihrer Mutter und ihren zwei Brüdern wohnte, etwas höher gelegen, hätte sie die segnende Jesus-Statue auf dem Corcovado-Berg sehen können. Egal. Schließlich kannte sie das alles zur Genüge. Sie trug Jesus in ihrem Herzen und wusste auch so, dass er sie beschützte.

Irgendwo miaute eine Katze. Kläglich, hungrig, fordernd. Vielleicht würde niemand sie heute füttern. Motorenlärm mischte sich mit dem Keifen einer alten Frau und dem Plärren eines Fernsehers. Ein Musikvideo lief; ein hartes, stampfendes Disco-Hämmern.

Angelina wandte sich vom Fenster ab dem alten Spiegel zu, der an der Wand lehnte. Er war an einigen Stellen bereits trübe und milchig. Unverkennbar zeigte er aber eine sehr hübsche junge Frau.

Sie streifte sich das übergroße T-Shirt ab, das ihr als Nachthemd gedient hatte. Bei der Bewegung wippten ihre straffen Brüste temperamentvoll hin und her. Sie waren hellbraun wie Milchkaffee und hingen gerade nur so viel herab, dass es natürlich aussah. Ansonsten waren sie mächtige, dralle Fleischkissen, die überall die Blicke der Jungs und auch älterer Männer auf sich zogen. Ganz egal, ob sie sie knapp bekleidet zur Schau trug oder unter einem Textil vollends versteckte. Sie waren einfach zu groß und rund, um übersehen zu werden.

Vorsichtig hob sie sie an. Wie viel mochten sie wohl wiegen? Jede eineinhalb Kilo? Oder gar zwei? Zweieinhalb? Nicht zu fassen, dass manche Frauen Geld dafür bezahlten, um sie sich künstlich vergrößern zu lassen. Hierfür würde Angelina nie Geld ausgeben müssen.

Die Brustwarzen waren niedlich rund wie formschöne Deckel von Lippenstiften. Sie waren hellrosa.

Behutsam streichelte sie ihre Brüste. Gutmütig und geschmeidig wogten sie hin und her. Die Nippel wurden steif. Es fühlte sich gut an. Mit einem Mal bekam sie Appetit auf Sex. Wenn jetzt ein Mann mit Charme und etwas Geschicklichkeit dagewesen wäre, hätte er womöglich leichtes Spiel gehabt. Sie hatte bereits einige Erfahrung im Bumsen und wenig Scheu davor, wenn ihre Lust sich bemerkbar machte oder wachgekitzelt wurde.

Doch nun war sie alleine. Soweit man das in einer Favela sagen konnte. Tür an Tür, Verschlag an Verschlag klebten die Wohnpartien aneinander. Die Wände waren blechern oder hölzern und ziemlich dünn. Jedes Geräusch, das lauter war als ein Flüstern oder Atmen, drang nach außen.

Bumsen war hier ein Drahtseilakt, wenn man nicht gehört werden wollte. Manchen war es egal, doch Angelina liebte eine gewisse Privatsphäre. Selbst die schmatzenden Laute einer Ehefrau, die ihrem Mann nach Feierabend zur Belohnung einen blies, drangen durch jede Wand. Ganz zu schweigen vom Bocken eines Männerbeckens, das gegen den Schoß oder den Hintern einer Frau klatschte. Oft ließen Paare, die sich gerade liebten, einfach das Radio oder den Fernseher laufen. So wurde dann ausgelassen und eifrig gebumst zu kreischenden Opern-Arien, Waschmittel-Werbung oder Talkshows.

Zaghaft suchte Angelina mit ihren Fingern den Spalt zwischen ihren Beinen. Er war weitgehend haarlos, da sie teilrasiert war. Sie mochte keine fusseligen Haare im Intimbereich.

Der Spalt war außen trocken. Sobald sie aber mit der Fingerkuppe nach innen drang, spürte sie etwas Feuchtigkeit. Diese hätte sich augenblicklich ausgeweitet, wäre ein fähiger Mann zur Stelle gewesen.

Einen richtig guten, erfahrenen Liebhaber hatte sie bisher noch nicht gehabt. Die drei oder vier Grünschnäbel, mit denen sie schon herumgemacht hatte, waren alle zu ungeduldig und wenig einfühlsam gewesen. Wie sehr sehnte sie sich in diesem Augenblick danach, nach allen Regeln der Kunst sexuell verwöhnt zu werden!

Energisch gab sie sich einen Ruck und hörte auf, in feuchten Träumen zu schwelgen. Dafür würde es noch Gelegenheiten genug geben! Die Welt war voll von geilen Männern, die ihren baumelnden Pica gerne zum Leben erweckten.

Ganz zu schweigen von Daniel, den Angelina sehr gern hatte. Schon mehrfach hatte er ihr den Hof gemacht. Ob er wirklich verliebt in sie war oder nur spitz wie ein frisch abgezogenes Rasiermesser, war schwer auszumachen. In manchen Situationen mochte das auch nicht so wichtig sein: Dann kam es nur auf den vollen Genuss und möglichst viel Spaß an.

Angelina ging in den Bretterverschlag, der als Badezimmer diente. Sie ließ Wasser in den großen Bottich laufen. Kühl und einigermaßen sauber plätscherte es aus dem rostigen alten Hahn. Noch während es lief, begann sie mit dem kleinen Plastikeimer, Wasser über ihren nackten Körper zu gießen. Es war erfrischend und wohltuend. Sie griff nach der Shampoo-Flasche und cremte sich ihre langen, blonden Haare ein. Das Blond sah noch ganz gut aus, obwohl die Färbung schon einige Zeit her war. Eigentlich hatte sie dunkelbraunes Haar. Momentan aber durchlebte sie ihre blonde Phase und wollte aussehen wie die hellhaarigen Darstellerinnen in den Hollywood-Streifen.

Ein Specht hämmerte gegen einen Baum. Laut, melodisch, mehrfach hintereinander. Eine Rufton-Melodie. Ihr Handy klingelte.

Wo lag es? Angelina überlegte, während sie mit geschlossenen Augen ihr Haar shampoonierte und dem Läuten zuhörte. Als sie damit begann, sich das Shampoo aus den Haaren zu spülen, hörte das Specht-Hämmern auf.

Kaum hatte sie sich ein Handtuch umgebunden und das Badezimmer verlassen, suchte sie nach ihrem verstummten Handy. Es lag auf ihrem Bett hinter der Küchenecke in dem winzigen Raum, der ihr Zimmer war.

Das Display zeigte an, dass ihre Mutter Vitória angerufen hatte. Mit nassen Haaren und nur mit dem Handtuch bekleidet, setzte sich Angelina auf die Liege ihres Zimmers. Das Bettzeug lag noch ungemacht und zu einem Knäuel verheddert auf der Matratze. Sie drückte die Anruf-Taste.

Vitória ging sofort an den Apparat. „Ja?"

„Hallo, Mama!"

„Angelina! Bist du schon wach?"

„Nein, natürlich nicht! Ich schlafe noch. Während ich träume, mache ich mich für den Termin fertig."

„Kleiner Scherzkeks. Du meinst das Gespräch im Krankenhaus, die Bewerbung?"

„Ja."

„Hast du ein gutes Gefühl?"

Angelina zuckte mit den Schultern, was ihre Mutter ja nicht sehen konnte. Sie schwieg.

„Deine Unterlagen haben sie immerhin behalten", fuhr Vitória in einem zuversichtlichen Tonfall fort. „Und sie haben dich zu dem Termin eingeladen!"

„Wo bist du?" fragte Angelina. „Bei der Arbeit?"

„Deswegen… wollte ich dich anrufen", sagte Vitória. „Es wird heute Abend etwas später werden. Ich muss noch die Kinder der Herrschaften abholen. Sie sind in der Sportschule beim Basketball-Training."

„Ist gut, Mama. Wenn du kommst, werde ich aber nicht da sein, wegen der Party."

„Welche Party? Und wo?"

Angelina hielt einen Moment inne und biss sich auf die Lippen. Beinahe hätte sie die Wahrheit gesagt. Diese hätte etwa so gelautet: Die Party wird von Gustavols Gang geschmissen, weil zwei neue Mitglieder ihre Aufnahmeprüfung bestanden haben: Spießrutenlauf mit Verprügelt-werden und mehrere Schüsse in Bauch und Brust mit schusssicherer Weste an, so dass es nur ein paar schmerzende Blutergüsse gab. Sie fühlen sich jetzt wie echte, harte Männer. Es wird ziemlich ruppig und verrückt zugehen, inklusive viel Alkohol, Sex und Drogen. Ich bin dort aber ziemlich sicher! Schließlich ist Gustavol ja mein älterer Bruder und die anderen in seiner Gang mögen mich.

Laut sagte sie: „Es ist eine Art Geburtstagsfete, Mama. Fast wie ein kleines Volksfest. Halb Rocinha wird da sein… Nun, ja, die jüngere Hälfte von Rocinha."

Ihre Mutter schien zu lächeln. Jedenfalls nahm Angelina das an, als sie sie sagen hörte: „Ist gut, Kind. Pass trotzdem auf dich auf und komm nicht so spät nach Hause! Lass dich mit keinem der Galgenvögel ein, hörst du!"

Mit Galgenvögeln habe ich kein Problem, dachte Angelina verschmitzt. Es ärgerte sie etwas, von ihrer Mutter „Kind" genannt zu werden, war sie doch erst kürzlich achtzehn Jahre alt geworden.

„Hörst du, was ich sage!"

„Ja."

„Und ruf mich an, wenn das mit der Bewerbung geklappt hat."

„Okay, Mama. Da wäre noch was."

„Ja?"

„Ich brauche ein kleines bisschen Geld. Kann ich mir was aus Deiner Schatulle nehmen?"

„Einverstanden. Aber übertreibe es nicht! Du weißt, da ist Nicolas und sein Fußball. Er braucht immer Geld für neue Sachen."

„Ich weiß." Wie alle in der Familie war Angelina sehr stolz auf ihren jüngeren Bruder. Mit gerade mal sechzehn Jahren spielte er in einer Bezirksliga außerhalb der Favela. In der spielten normalerweise nur Jungs mit, die zwei oder drei Jahre älter waren als er selbst. Sie stammten zudem meist aus wesentlich wohlhabenderen Familien. Nicolas war ein hoffnungsvolles Fußball-Talent. Schwierig war nur, dass er ständig neue und teure Sachen für sein Training benötigte. Er musste mit seinen Mannschaftskollegen mithalten. Vor allem die Fußballschuhe waren fast unbezahlbar. Sie kosteten Vitória immer einen halben Monatslohn, wenn er neue benötigte. Wäre ihr Vater Bruno noch bei ihnen gewesen, liefe es finanziell sicher etwas besser. Doch der hatte sich damals aus dem Staub gemacht, kaum dass Vitória im Alter von vierzehn Jahren ihr zweites Kind Angelina geboren hatte. Später wurde sie nochmal schwanger von einem anderen Mann, der sie bald darauf ebenfalls verließ. Sie gebar Nicolas, ihren Jüngsten. Er war eigentlich nur Angelinas Halbbruder. Diese hatte ihn aber voll und ganz in ihr Herz geschlossen und stand ihm viel näher als Gustavol, ihrem richtigen Bruder.

„Sind dreißig Real in Ordnung?" fragte Angelina schüchtern.

Ihre Mutter bejahte es mit einem leisen Seufzen. Sie legten beide auf.

Angelina zog sich frische weiße Unterwäsche an. Sie rätselte, was sie wohl zu dem Termin tragen sollte. Auf jeden Fall etwas Anständiges, Formelles, wie es zur großen und stadtbekannten Klinik Moderna Nossa Senhora passte. Ihre Herkunft würde sie ohnehin nicht verschleiern können. Da war es wichtig, dass ihr Äußeres seriös und vertrauenserweckend wirkte. Vielleicht konnte so der schlechte Ruf eines Wohnorts in einer Favela etwas ausgeglichen werden.

Sie suchte sich lange weiße Strümpfe aus, die sie sich über die wohlgeformten langen Unterschenkel zog. Der dünne Stoff spannte sich um ihre runden kleinen Zehen. Er schmiegte sich an ihre frisch gewaschene, duftende Haut. Dazu wählte sie ihr hellgraues halblanges Kleid aus, das sie bisher nur zur Abschlussfeier und Zeugnisübergabe in der Schule getragen hatte. Der Rocksaum ging ihr bis knapp übers Knie. Züchtig genug!

Stirnrunzelnd und selbstkritisch überprüfte sie ihr Aussehen im Spiegel. Unter dem spießigen Kleid prangten ihre großen Brüste massig und selbstbewusst. Die Baumwolle straffte sich über ihnen. Jede Bewegung drohte das Textil zum Zerreißen zu bringen, so schien es jedenfalls. Glücklicherweise war der Ausschnitt nicht sehr tief und damit auch nicht zu aufdringlich. Wenn sie noch ihre hübsche Kette aus geschnitzten schwarzen Holzperlen über den Hals streifte, würde es gehen. Das Favela-Entlein wäre plötzlich ein braver, bürgerlicher Schwan! Zumindest für heute, am Tag des Bewerbungsgesprächs.

Die Haare wollte sie auf jeden Fall hochstecken. Das sah aktiv und dynamisch aus; irgendwie auch erwachsen und wichtig. Ein Blick auf die Handy-Uhr: fast halb neun! Um zehn Uhr war der Termin. Gleich musste sie sich auf den Weg machen, um nicht zu spät zu kommen.

Rasch ging sie zum Küchenbord und kramte die Zuckerdose aus dem hintersten Winkel des Vorratsschrankes hervor. Die Dose hatte eine stark nach innen gewölbte Unterseite. Dort war mit Heftpflastern ein zusammengefalteter Briefumschlag befestigt. Er enthielt einige Geldscheine. Angelina nahm sich dreißig Real und steckte sie sorgfältig in die Seitentasche ihres Kleides.

Sie kümmerte sich um ihre Haare. Zuerst kämmte sie sie gewissenhaft. Danach band sie sie kunstvoll zu einem seidig blond glänzenden Türmchen zusammen. Zu guter Letzt knotete sie eine dunkelrote Schleife hinein.

Da war noch die Sache mit dem Strand. Heute Mittag wäre es schön, dort zu sein, fand sie. Dafür würde sie sich nach ihrem Termin umziehen. Ein Bikini musste deshalb her. Sie fischte einen aus ihrem Schränkchen. Es handelte sich um einen in schlichtem Schwarzweiß mit der Musterung eines klassischen Fußballs. Ein witziges und erotisches Ding. Um die Rundungen ihrer Brüste herum würde das Design gut zur Geltung kommen. Von diesem Bikini besaß sie allerdings nur noch das Oberteil. Kurzerhand kombinierte sie es mit einem Bikini-Höschen in Knallrot. Angelina knautschte die Textilien zusammen und steckte sie in ihr Handtäschchen.

Jetzt musste sie los! Der Fußmarsch zur Bushaltestelle würde eine halbe Stunde dauern. Angelina prüfte ein letztes Mal ihr Äußeres. Sie warf dem Spiegelbild eine flüchtige Kusshand zu, die Glück bringen sollte, und eilte ins Freie. Sie war aufgeregt. Es würde ihr erster richtiger Job sein, nachdem sie die Mittelschule mit ziemlich guten Noten hinter sich gebracht hatte! Bald würde sie ihr erstes eigenes Geld verdienen und einen ordentlichen Anteil an den Lebenshaltungskosten der Familie bezahlen können. Gemeinsam mit ihrer Mutter würde sie es schaffen, ihren Halbbruder Nicolas auf seinem Weg zum Fußball-Profi zu unterstützen. Wenn schon auf ihren älteren Bruder Gustavol, diesen egoistischen Gauner, kein Verlass war!

Als sie schon im Begriff war, das Vorhängeschloss vor der zerbeulten Metalltüre abzuschließen, ertönte wieder das Klopfen des Spechtes. Von drinnen.

Hirnlose Gans! schimpfte sie sich und sprang abermals in die Hütte, um ihr Handy zu holen. Ohne das Klingeln hätte sie es glatt vergessen. Während sie das eingehende Gespräch entgegennahm, versperrte sie die Türe und machte sich auf den Weg talwärts die Favela hinab.

„Willst du wissen, was ich heute tun werde?" plapperte eine Mädchenstimme ohne Umschweife und Begrüßung aus dem Gerät.

„Giovanna!" rief Angelina schnell atmend in den Hörer. „Was wirst du heute tun? Zur Party kommen, nehme ich an?"

„Das ja!" kam die Antwort wie aus der Pistole geschossen. „Doch was machst du gerade? Bist ja ganz außer Puste! Fickst du?"

„Ha-Ha!" entgegnete Angelina im Laufen. „Ich bin auf dem Weg zum Bus. Muss mich sputen."

„Ach so, dein Date im Krankenhaus. Die Schwestern-Nummer", kicherte Giovanna. „Na, wenn du das wirklich vorhast…"

„Ich hoffe, es klappt!" sagte Angelina so ernst und konzentriert, dass selbst ihrer schlagfertigen Freundin keine witzelnde Entgegnung einfiel. Sie hatten sich beide schon häufig über ihre Zukunftspläne unterhalten. Giovanna wusste, wie sehr sich Angelina einen guten Job wünschte und wie verantwortungsvoll sie ihn vermutlich auch ausüben würde.

Sie selbst war eine inzwischen sehr professionelle Nutte und fand das absolut okay. Schon als Minderjährige war sie in die Szene eingeführt worden, befeuert von der Sehnsucht, sich einige teure Wünsche erfüllen zu können. Jetzt war sie volljährig. Inzwischen wagte sie sich überall hin und hatte schon vieles ausprobiert und mitgemacht. Selbst Hausbesuche, alleine und in allen möglichen Häusern und Vierteln Rios, waren für sie Arbeitsalltag geworden. Auf verschiedenen Internet-Portalen machte sie Werbung für sich.

Beide Mädchen waren einige Jahre zusammen zur Schule gegangen und wussten alles voneinander. Obwohl Angelina das Abdriften ihrer Freundin in den schummrigen Bereich der Rotlicht-Laternen nicht guthieß, akzeptierte sie es als ihre persönliche Entscheidung.

„Ich drücke dir beide Daumen, dass es klappt!" versprach Giovanna. „Und den steifen Pica des nächsten Freiers quetsche ich auch noch dazu!" Sie lachte. Kein ordinäres, falsches Hurengelächter. Sondern ein glucksendes, fast unschuldig wirkendes Lachen voller Humor und Lebensfreude.

„Danke!" antwortete Angelina. „Aber was ist es nun?"

„Was ist was?"

„Du wolltest mir eben erzählen, was du heute tun wirst. Deshalb rufst du doch an?"

„Ach ja, richtig!" Ein leises Geräusch war zu hören, als würde sich Giovanna gegen die Stirn klopfen oder in die Hände klatschen. „Also: Nachdem ich nun einen Kaffee mit einem Schuss Aguardente getrunken und zwei große Stücke Bolo Delicado gegessen habe, mache ich mich den ganzen Tag lang schön! Das heißt, ich tue nur, was mir gefällt und pflege meinen Body. Wie die Katzen! Nur lecke ich mich nicht, sondern lasse mich massieren. Dann schwimme ich im Meer und nehme ein Sonnenbad. Anschließend gehe ich in den Schönheitssalon an der Strandpromenade und lasse mir eine Maniküre und Pediküre machen. Meine Hand- und Fußnägel sehen aus, als ob sie von einem Straßenköter als Beißknochen benutzt worden wären!"

„Kaust du wieder Nägel?" fragte Angelina. Obwohl sie durch die engen, schmutzigen Gassen der Favela bergabwärts eilte und sehr auf Hindernisse achtgeben musste, schaffte sie es, sich nebenbei um ihre Freundin zu sorgen.

„Nur wenn ich zu lange warten muss vor einem Besuch bei einem Freier, den ich noch nicht kenne", antwortete Giovanna leise und fast etwas verlegen. „Oder wenn ein Rammler ewig nicht zum Schuss kommt und ich auf meinen Feierabend-Sekt warten muss."

Angelina wich einem kleinen Jungen aus, der mit einem Wrack von einem Tretauto auf einer winzigen braunen Grasfläche herumeierte. Fast wäre er frontal in sie hineingefahren. Das Kerlchen hatte einen Zweig im Mund, als wäre es eine Zigarette, und stieß einige piepsende Flüche hervor. Sie hatte keine Zeit, ihn auszuschimpfen. Stattdessen beeilte sie sich weiter, die Bushaltestelle zu erreichen... ohne sich das frischgewaschene Kleid schmutzig zu machen! Das war ein Kunststück. Denn der Weg, der aus der Favela führte, war an den schmalsten Stellen gerade mal so breit wie eine Tischtennisplatte.

„Lass uns heute Abend weiterquatschen!" schlug sie vor, ins Handy keuchend. „Bis dahin weiß ich vielleicht auch schon, ob ich bald Krankenschwester sein werde."

„Oder Ärztin!" feixte Giovanna. „Angelina, der helfende Engel mit der sonnengebräunten Haut! Ganz in Weiß und mit Heiligenschein!"

Angelina lachte und drückte ihre Freundin weg. Vorne wand sich der Weg um einige alte Steinhäuser und Autowracks herum. Die Bushaltestelle war nicht mehr weit. Sie wollte sich ihr elegantes Kleid nicht auf dem letzten Stück des Weges versauen, weil sie mit ihrer Freundin telefonierte und deshalb unachtsam war. Anstatt sorgfältig Abstand zu wahren vor staubigen Hauswänden, dreckigen Mülltonnen oder Frauen, die Eimer mit Schmutzwasser auf die Gasse kippten.

Sie schaffte es schließlich unbeschadet bis zur Haltestelle. Dort traf auch bald der Bus ein. Noch wusste sie allerdings nicht, wie schmutzig und krass der Weg war, der vor ihr lag.

2: EIN UNMORALISCHES ANGEBOT

Die Möbelpolitur roch angenehm nach Limone und Kräutern. Es war Premium-Zeug. Das aus den oberen Verkaufsregalen. Vitória strich sorgfältig über das rötliche Kirschholz der exotischen und vermutlich irgendwoher importierten Wohnzimmerkommode. Alle Möbel in dem großen Raum waren aus demselben Holz. Das Wohnzimmer war hier mindestens sechs- bis achtmal so groß wie die gesamte bescheidene Favela-Bude, in der sie mit ihren drei Kindern hauste. Kein Wunder, hier im Viertel Copacabana, nahe der Touristenstrände der Atlantikküste, wohnten die Leute, die es geschafft hatten. Sie besaßen Villen mit hohen Mauern, parkähnliche Gärten, scharfe Wachhunde und Doppelgaragen mit Geländewagen. Alles war vollgestopft mit dem schicksten Plunder, der in Geschäften zu kaufen war.

Vitória hielt einen Augenblick im Putzen inne. Sie besah sich die gelben Gummihandschuhe, die sie für die Tätigkeit trug. Was hatten diese Hände nicht schon alles gearbeitet in ihrem zweiunddreißigjährigen Leben! Sie hatte mit ihnen ihre kleine Familie ernährt. Alles in allem konnte sich Vitória nichts vorwerfen. Dafür, dass sie mit zwölf schon schwanger geworden war und zwei beziehungsweise vier Jahre später wieder, hatte sie so ziemlich das meiste in ihrem Leben recht ordentlich hingekriegt. Mit anständiger Arbeit und viel Fleiß hatte sie ihre Kinder nach bestem Wissen und Gewissen erzogen. Das hatte bei Angelina und Nicolas ganz gut hingehauen. Ihr Ältester jedoch, Gustavol, war leider missraten. Er würde bald im Gefängnis enden, wenn er so weitermachte mit den Bandenkriegen und den krummen Geschäften.

Heute Abend würde alles anders sein als bisher. Eine beunruhigende, wenn nicht sogar angsteinflößende Sache war das, was ihr bevorstand. Lange hatte sie sich gewehrt gegen die plumpen Annäherungsversuche von Jorge Javali, dem Hausherrn dieser Villa, ihrem Chef.

Von Anfang an schon, seit sie vor einem Jahr diese Stelle als Haushälterin angetreten hatte, hatte er sich ihr gegenüber respektlos verhalten. Manchmal sogar einfach unverschämt! Dass er sie mit seinen gierigen Augen ständig mit Blicken auszuziehen schien und bei jeder sich bietenden Gelegenheit anzügliche Bemerkungen machte, daran hatte sie sich schon gewöhnt. In den letzten Monaten aber und ganz besonders seit dem Karneval im Februar war seine zur Schau gestellte Geilheit kaum mehr zu ertragen gewesen.

Vitória, hatte er am Karneval betrunken geraunt, während sie den Müll und die

Verschmutzungen nach den Festlichkeiten im Salon wegputzte. Vitória, du weißt gar nicht, wie gut du es bei mir hast! Du bist eine schöne Frau mit deinen zweiunddreißig Jahren. Und doch lasse ich dich in Ruhe! Obwohl ich weiß, dass du in deiner elenden Favela ganz ohne Mann lebst. Keinen Beschützer und keinen starken Felsen hast du an deiner Seite! Und das in dieser unruhigen Zeit, in diesem gefährlichen Meer voller Stürme und Gefahren!

Immer wieder war es ihr gelungen, seinen trunkenen oder manchmal auch nüchternen Annäherungsversuchen zu trotzen. Meist sehr diplomatisch und freundlich, nur selten kühl und bestimmt. Er war nicht nur steinreich, sondern auch ein ausgemachter Hurenbock. Für ihn war es kein Problem, seinen Sexhunger immer und überall zu stillen, wann immer sich in seinem Pica Leben regte. Seine Ehefrau war oft auf Reisen, da sie als Model arbeitete. Jorge Javali hatte deshalb viele Gelegenheiten, die Sau rauszulassen. Sei es in den hiesigen Bordellen oder bei sich zuhause.

Warum dann auch noch die Haushälterin umgarnen? Warum diese Unersättlichkeit?

Vitória ahnte es. Dafür hatte sie die Männerwelt bereits zur Genüge kennengelernt. Es war das Streben nach Macht, das den Kerl antrieb. Der unbeugsame Wille, sich möglichst jeder Frau, an jedem Ort und zu jeder Zeit bedienen zu können. Die Gier der Männer nach immer mehr; der pulsierende Trieb, den es vermutlich schon seit der Steinzeit gab oder noch länger, tief drinnen in den Windungen der Hoden!

Und warum hatte sie sich endlich geschlagen gegeben und zugesagt, heute dem Herrenabend beizuwohnen? War sie denn völlig verrückt geworden?

Nein: nicht verrückt geworden, sondern arm geblieben, trotz der unermüdlichen Arbeit. Angelina und besonders Nicolas brauchten immer mehr Geld. Noch war völlig unklar, wann Angelina etwas zum Lebensunterhalt würde beisteuern können, und vor allem wie viel. Und dann war da Gustavol, der zwar immer mit seinen Goldketten, seinem Motorrad und seinen jungen Flittchen herumprahlte. Der aber früher oder später ihre finanzielle Hilfe brauchen würde, dessen war sie sich sicher. Gefängnis-Kautionen waren teuer in Rio de Janeiro. Einen Sohn, und selbst einen so nutzlosen Flegel, konnte und würde sie nie im Stich lassen. Insgeheim machte sich Vitória Vorwürfe, ihre Kinder unter diesen widrigen Umständen und ohne Vater aufgezogen zu haben. Würden sie es jemals aus dieser verdammten Favela herausschaffen?

In ihre Gedanken versunken, merkte sie erst spät, dass der Hausherr sie beobachtete. Jorge Javali stand im Türrahmen und begutachtete von weitem ihren Hintern. Ihre Pobacken wogten auf und ab bei den Putzbewegungen, die sie vor der Kommode kniend machte. Dem Schwein lief wahrscheinlich gerade das Wasser im Mund zusammen beim Gedanken an den heutigen Abend!

Würde er sie normal bumsen wollen? War er am Ende gar auf irgendeine abscheuliche Art pervers? Wie würde das mit den anderen Kerlen laufen, die noch anwesend waren? Vitória hatte an diesen Herrenabenden schon oft gekellnert und

Snacks zubereitet. Fast immer hatte sie dabei früher gehen dürfen und musste selten lange bleiben. Diese Vergnügungen in der Villa fanden etwa einmal pro Monat statt. Anscheinend ging der Kelch regelmäßig reihum: jeder der „Freunde" ihres Chefs gab dabei abwechselnd bei sich zuhause den Gastgeber.

„Ich werde sehen, wie du bist, Vitória!" sagte Jorge frohlockend. „Heute Abend werde ich es sehen! Und mit meinen Händen fühlen. Endlich bist du vernünftig geworden."

Vitória antwortete nicht. Sie wienerte stumm am Kirschholz der Kommode herum, das bereits beschaulich glänzte.

„Ich will, dass du Strapse anziehst! Und ein knappes Kostüm!" befahl Jorge. „Die Sachen liegen im unteren Gästezimmer auf dem Bett. Zieh sie um acht Uhr an. Dusche dich vorher und mach dich schön. Um halb neun kommen meine Freunde."

Sie nickte verbissen, ohne sich nach ihm umzudrehen.

„Wann bist du das letzte Mal so richtig gebockt worden?" wollte er wissen. Er klang nicht betrunken. Dazu wäre es auch viel zu früh gewesen an diesem Vormittag.

Vitória versuchte, mit den Schultern zu zucken, was ihr im Knien nicht so recht gelingen wollte. Sie hörte, wie er näher kam. Der dicke Perserteppich knirschte sanft, als er mit seinen Lederpantoffeln auf sie zuschritt.

Urplötzlich fühlte sie eine große herbe Männerhand an ihrem Hintern. Sie zuckte zusammen. Ihre Pobacken erzitterten. Ihren Lippen entwich aber kein Laut. Die Hand streichelte über den straff gespannten Baumwollstoff des schwarzen Hausmädchen-Rocks. Zeige- und Mittelfinger fanden sogleich das schmale Tal zwischen den Pobacken und drückten kräftig hinein. Vitória stöhnte leise. Nicht weil es ihr wehtat. Eher weil sie wusste, dass ihm so etwas gefiel. Er war der Hausherr. Er hatte ihr an diesem Morgen die tausend Real geboten für den „total tabulosen Herrenabend ohne falsche Scham und ohne Hemmungen, ganz nach dem Willen der Männer". Zahlbar am Ende des Abends, nach Erbringung der Dienstleistung.

„Streck deinen Arsch raus!" verlangte er freundlich. Sie tat es und bog ihre Hüfte nach unten, so dass ihr Po steil nach oben wies. Zufrieden schob er ihr den Rock hoch und tastete mit der rechten Hand zwischen ihren Beinen entlang. Sie trug eine hauchdünne schwarze Strumpfhose und darunter einen Slip. Ihre empfindliche Scheide war zumindest vor dem direkten Hautkontakt mit seinen forschen Fingern sicher.

Dennoch fand er die sanften länglichen Wölbungen der Schamlippen sofort und versuchte sie zu massieren. Sie ließ es geschehen und wartete, bis es vorbei sein würde. Das täte sie auch heute Abend, so beschloss sie. Wenngleich dann alles wesentlich länger dauern und viel schmutziger sein würde!

„Es wird dir gefallen!" versprach er. „Du kennst meine Freunde. Es sind alles gepflegte, reife Herren mit viel Lebenserfahrung. Sie haben schon viele Weiber vernascht! Sie kennen die Stellschrauben, an denen sie drehen müssen, um dich in

Fahrt zu bringen!" Er lachte. Es klang brünstig und verdorben. Als wäre er ein naher Verwandter des Teufels der Unzucht. Oder sogar der Sex-Satan persönlich!

Mit kreisenden Bewegungen strich er ihr über die Innenseiten ihrer Schenkel. Sie zwang sich, im Knien ihre Beine zu spreizen, weil sie annahm, das ihm auch dies gefallen würde.

„Die erste Stellschraube", sagte er, „ist das Geld. Wenn das vollzählig ist, hat man euch schon im Sack! Bei dir kommt noch eine unterschwellige Lüsternheit hinzu. Denn du hast keinen Bock, der es dir regelmäßig und anständig besorgt! Nur eine Flasche hin und wieder." Er kicherte auf eine gemeine, herablassende Weise. „Entweder eine gut geölte Limonadenflasche, die dir die Fotze beim Reinschieben dehnt. Oder einen der Versager und Pleitegeier, wie sie in deiner armseligen Nachbarschaft zuhauf herumkriechen. Eben nichts weiter als eine Flasche!"

Vitória kauerte nun mit ihrem Oberkörper ganz am Boden. Nicht nur, um den Gelüsten des Schweins entgegenzukommen, damit er sich ihres Arsches ausgiebig bedienen konnte. Sondern auch, um ihre Brüste zu schützen, in die er womöglich kneifen würde, wenn sie in Reichweite seiner Greifer gerieten.

„Wir bumsen dich!" kündigte er an. „Wir bumsen dich alle, reihum! Keiner wird dich schonen! Und danach wirst du in deine Favela zurückkehren und erleichtert sein. Erleichtert, von großen, wohlriechenden Männern tüchtig rangenommen worden zu sein. Du wirst dich sehnen nach dem nächsten Bockspringen! Dies..." Er hob den linken Zeigefinger wie ein perverser Oberlehrer. „Dies wird aber nur stattfinden, wenn du uns alle zu unserer vollsten Zufriedenheit bedienst! Ich will hinterher keine Klagen hören, von Niemandem. Haben wir uns verstanden, meine schöne reife Hure Vitória?"

Sie nickte voller Widerwillen bei diesen Worten. Sie war keine Hure!

Er rieb noch einige Augenblicke an ihrem Schritt herum. Dann zog er seine Hand aus ihrem Rock hervor und schnupperte daran. Vitória entspannte sich und hob ihren Oberkörper etwas an.

Jorge roch an seiner Hand und schloss genießerisch die Augen. „Ah... das Aroma von unerfüllten weiblichen Sehnsüchten!" sagte er begeistert. „Wir werden sehen, mit wie viel Saft wir dich füllen werden, mein kleines geiles Täubchen!" Wieder lachte er sein breites, dreistes Lachen und erhob sich. Wenige Augenblicke später war er aus dem Raum verschwunden.

Langsam fing Vitória an, weiter das Holz zu polieren. Sie versuchte, die Gedanken an den heutigen Abend beiseite zu wischen.

Tief in ihrem Innern vernahm sie aber dumpfe, tierische Geräusche. Gespenstische Bilder und Töne fingen an, in ihrem Gehirn herumzugeistern. Vorboten der abgrundtiefen Verkommenheit, die sie erwartete. Es klang wie das vielstimmige, vergnügte Grunzen in einem Gehege voller Schweine.

3: DIE ÄRZTIN MIT DEN HIGH HEELS

Angelina kam gerade noch rechtzeitig zu ihrem Termin. Der Bus hatte aufgrund des zähen Verkehrs länger gebraucht als auf dem Fahrplan vorgesehen war. Doch kaum war sie am Zielort angelangt, fand sie das Moderna Nossa Senhora Hospital sofort. Da der Pförtner ihr gut und verständlich den Weg durch das riesige Gebäude erklärte und die Ärztin sich zudem auch noch verspätete, lief die Sache glatt. Zumindest anfangs.

Angelina saß schon längst im Vorzimmer der Sekretärin, als sie ins Zimmer der Ärztin gerufen wurde. Sie hatte sogar noch die Zeit gefunden und die Erlaubnis der Sekretärin erhalten, sich vor dem kleinen Waschbecken im Vorzimmer das verschwitzte Gesicht zu waschen und sich etwas frisch zu machen.

Es war erst kurz nach zehn. Schon aber stand die gleißend helle Sonne hoch am Himmel und warf ihren alles durchdringenden Hitzeschleier über Rio de Janeiro. Das große Fenster im Raum wehrte mit fast ganz herabgezogenen Jalousien die Helligkeit ab. Die Klimaanlage kühlte die Temperatur auf ein erträgliches Maß herab. Die schmalen Lichtschlitze der Jalousien warfen hellgelbe Streifen an Wände und Decke.

„Bom dia!" grüßte Angelina höflich und neigte den Kopf etwas.

„Bom dia!" antwortete die Ärztin.

Sie stellte sich als Bianca Águia vor. Wie sofort zu erkennen war, machte sie keinen Hehl daraus, dass sie unheimlich lange und schlanke Stelzen besaß. Großgewachsen und vollschlank, fast dünn, saß sie mit überschlagenen Beinen in einem schwarzledernen Chefsessel. Hauchdünne weiße Strümpfe zierten die helle Haut ihrer Schenkel. Sie musterte die schüchterne Bewerberin lauernd und kühl. Ihre Haare waren rötlichbraun und zu einem strengen Haarknoten zurückgebunden. Die Nase war lang und schmal, ihr Gesicht etwas knochig und auf eine vornehme, aristokratische Art hübsch. Sehr markant waren ihre Augen: Von brauner Farbe, aber merkwürdig kalt. Wie gefrorene Haselnüsse. An ihren grazilen, feingliedrigen Füßen trug sie hochhackige weiße Schuhe. Gelackte High Heels, die zumindest farblich zu ihrem Beruf passten, ansonsten aber eher fehl am Platz wirkten.

Angelina schätzte ihr Gegenüber auf etwa Ende zwanzig. Eine Karrierefrau, dachte sie mit einer Mischung aus furchtsamem Respekt und aufkeimender Bewunderung. Eine, die ihrem Job alles opfert und womöglich dasselbe von ihren Untergebenen verlangt. Aber eine, die mir vielleicht helfen und mich fördern kann.

„Rauchst du?" fragte Bianca Águia. Sie hatte ein flaches silbernes Etui von irgendwo hervorgezaubert. Es enthielt Zigaretten, die darin fein säuberlich in Reih und Glied platziert waren.

„Nein, danke", antwortete Angelina.

„Dir macht es doch nichts aus, wenn ich…"

„Nao tem problema. Natürlich nicht."

In wenigen Sekunden hatte sich die Ärztin einen Glimmstengel zwischen die rotglänzenden schmalen Lippen gesteckt und zündete ihn an. Mit einem vergoldeten Feuerzeug. Sie inhalierte kurz und stieß dann den blauen Rauch mit hochgerecktem Kopf in Richtung Decke.

„Warum willst du Krankenschwester werden?" stieß sie hervor und sog wieder an der Zigarette.

Angelina überlegte nicht lange: „Ich will einen guten Job, bei dem ich anderen helfen kann."

Bianca Águia nickte etwas zerstreut und wühlte dann zwischen den Zetteln und Ordnern herum, die ihren Schreibtisch bedeckten. Sie warf einen flüchtigen Blick auf eines der Blätter. Darauf hatte sie augenscheinlich ein paar Worte notiert. Dann sagte sie: „Du wohnst in einer Favela? In Rocinha?" Es klang, als rede sie von einer ansteckenden, unappetitlichen Krankheit.

Angelina wollte in sich zusammensinken. Insgeheim hatte sie gehofft, dass das bei ihrem Gespräch kein Thema werden würde. Sie beherrschte sich und antwortete mit fester Stimme: „Ja."

Die Ärztin schwieg und rauchte. Ihr Blick schweifte über die Weiten ihres Schreibtisches zu der jungen Frau und von dort im Zimmer umher, als suche sie etwas. „Das… ist etwas weit von hier", sagte sie knapp und mit einem Anflug von Mitgefühl. Das Mitgefühl galt offensichtlich nicht der weiten Entfernung des Wohnortes, sondern dem zweifelhaften Ruf desselben.

„Es ist eine Stunde von hier entfernt, mit dem Autobus. Kein Problem für mich, pünktlich herzukommen. Ich bin zuverlässig!" versicherte Angelina.

Bianca Águia ließ ihren Blick jetzt länger auf der Bewerberin ruhen. Sie musterte sie nachdenklich und ernst. Angelina überlief es heiß und kalt, als sie bemerkte, was nun die Aufmerksamkeit der Ärztin auf sich zog. Es war ihr unübersehbar großer und praller Vorbau. Mit einem Mal war es ihr, als wären ihre Brüste gigantisch groß gewachsene Melonen aus Fleisch. Melonen, die ständig weiter wuchsen. Die sich gerade jetzt, in diesem peinlichen Augenblick, pulsierend vergrößerten und aufplusterten.

„Du bist gut gebaut!" sagte die Ärztin und ließ die Zigarette zwischen den Fingern umherpendeln. „Obenrum vor allem. Auch sonst ganz nett, soweit ich das sehen kann." Sie räusperte sich. „Das würde einigen Patienten sehr gefallen. Den männlichen, überwiegend." Sie machte eine kleine Pause. „Auch manchen weiblichen."

Angelina wusste nicht, was sie daraufhin sagen sollte. Also schwieg sie lieber.

„Es gibt Männer, die stehen dermaßen auf große Brüste, dass sie deswegen ganz aus dem Häuschen geraten. Deine Kugeln sind so drall, dass du den einen oder anderen Patienten damit im Nu in eine tiefe Ohnmacht befördern könntest! Einfach den Kopf zwischen die Dinger klemmen und abwarten, bis ihm Hören und Sehen vergeht." Bianca Águia stieß Rauch von sich wie eine Dampflokomotive. Ihre Miene verriet nicht, ob sie den groben Scherz zur freundlichen Auflockerung der Stimmung gemacht hatte oder aus einer Art von Stutenbissigkeit. Ihr eigener Vorbau war recht spärlich. Er hob sich wie ein bescheidener runder Balkon von ihrem weißen Arztkittel ab, wahrscheinlich gestützt und vergrößert von einem vorteilhaften Push Up BH.

„Ich glaube, ich könnte eine gute Krankenschwester sein", sagte Angelina beharrlich, ohne sich um die geschmacklosen Worte der Ärztin zu kümmern. „Übermäßig empfindlich bin ich auch nicht."

„Das nehme ich dir ab. Bist wahrscheinlich so einiges gewöhnt aus eurer Favela."

„Ich habe mal in einer Krankenstation ausgeholfen, als ich fünfzehn war."

„Eine der illegalen, die von den Bewohnern organisiert werden? Oder einer staatlichen?"

„Eine mobile Station von einer Hilfsorganisation. Wurde während einiger Fußball-Regionalspiele und für den Karneval benötigt."

„Was hast du da gemacht?"

„Einer Schwester geholfen. Als Assistentin." Angelina sah die Ärztin mit einem warmen Schimmer stiller Hoffnung an.

Diese fixierte sie ungerührt und fuhr fort mit der Befragung: „Ich will vielmehr wissen, was genau du dort gemacht hast? Amputationen? Kochen? Gefickt? Ich meinte natürlich Knochen geflickt?" Sie lachte etwas spöttisch über ihr eigenes freches Wortspiel. Sogleich aber verzog sie das Gesicht zu einer essigsauren Miene des Schuldbewusstseins. So, als wäre sie sich genau bewusst, wie sehr sie ihre Machtposition ausnutzte und Witze machte auf Kosten dieses armen jungen Dings aus der größten Favela von Rio.

Angelina schwieg einen Augenblick lang irritiert. Sie beschloss, sich nicht aus der Ruhe bringen zu lassen. Vielleicht wollte diese harte Nuss im Arztkittel sie nur auf ihre Belastbarkeit und Nervenstärke testen. „Ich habe der Schwester geholfen, Platzwunden zu verbinden und Schnittwunden zu nähen!" antwortete sie stolz. „Außerdem habe ich weinende Kinder beruhigt, die in der Menschenmenge ihre Eltern verloren hatten. Und welche, deren Väter betrunken in Schlägereien geraten waren und verarztet werden mussten oder sogar bewusstlos waren. Die Schwester sagte, ich hätte einen sehr guten und beruhigenden Einfluss auf aufgeregte und verängstigte Patienten."

Bianca Águia nickte, ohne sonderlich beeindruckt zu wirken. Langsam lehnte sie sich in ihrem Chefsessel zurück und streckte ihre langen Beine von sich. Dann hob sie sie tatsächlich an und legte sie auf die Schreibtischplatte. Zwei oder drei Zettel segelten dabei zu Boden, was sie nicht weiter kümmerte. Zufrieden besah sie sich ihre sexy Stelzen. Schamlos und unbekümmert, als wäre sie allein im Raum, schob sie ihren weißen Kittel weit zurück. Dabei warf sie schnelle Blicke auf Angelina, die nicht so recht wusste, was sie davon halten sollte.

Als beide Beine übereinandergeschlagen und in voller Länge zu sehen waren, ließ sie die Finger von ihrem Arztkittel. Er bedeckte jetzt nur noch knapp den Ansatz ihres dunklen Slips. Dieser war schemenhaft unter ihrer zarten weißen Strumpfhose zu erkennen.

Angelina war nicht neidisch auf die schönen Beine der Ärztin. Schließlich besaß sie fast ebenso hübsche, wenngleich nicht ganz so lange. Sehnsuchtsvoll musterte sie allerdings die schicken weißen High Heels. Solche hätte sie auch gerne gehabt. Unpraktisch waren sie jedoch eindeutig: Man konnte damit wohl durch gefliese Krankenhausflure laufen. Weniger gut aber durch schmutzige Ghetto-Straßen und die staubigen Hinterhöfe der Favelas. Sie fragte sich, wie lange wohl die tägliche Strecke war, die diese Ärztin damit durchs Hospital ging. Es war kaum anzunehmen, dass sie mit diesen hochhackigen Schuhen ihre täglichen Kontrollgänge verrichtete oder sie gar bei Operationen trug.

„Wir haben viele Privatpatienten", sagte Bianca Águia in die Stille hinein. Sie beugte sich vor und drückte die Zigarette in einem kleinen Unterteller aus, der als Aschenbecher diente. „Sie sind anspruchsvoll. Wir bieten einen guten Service und haben eine hervorragende Ausstattung hier. Ein entsprechender Umgangsstil und tadelloses Benehmen sind selbstverständlich."

„Ich benehme mich gut", versprach Angelina und schickte ein bekräftigendes Nicken hinterher.

„Tatsache ist", sagte die Ärztin und strich sich über den feinmaschigen Nylonstoff ihrer Strumpfhose, „dass wir geliefert wären, wenn herauskommt, dass wir anfangen, Leute aus weit entfernten Favelas zu beschäftigen. Es gibt Menschen, die haben eine Menge Vorurteile. Auch von diesen lebt unsere Klinik. Gerade von diesen! Sie haben Angst, dass ihnen die Armbanduhr aus dem Nachttischschränkchen gestohlen wird. Sie befürchten, dass ihnen bei der OP ihre Goldkette abhanden kommt. Daheim wartende Ehefrauen von männlichen Patienten misstrauen den Krankenschwestern. Sie argwöhnen, dass ihren Männern im Hospital ein besonderer Service angeboten wird. Kurz: Wenn wir hier überall Leute aus den Favelas arbeiten ließen und das herauskäme, könnten wir bald dicht machen."

Angelina senkte den Blick. Sie versank in eine trübe Stimmung. Die Sache war gelaufen!

Bianca Águia bemerkte die Enttäuschung der Bewerberin. Abwägend legte sie den Kopf etwas schief, so dass ihr eine breite Strähne des rötlichbraunen Haars ins Gesicht fiel. Sie blies gegen sie. Die Strähne wehte zur Seite, um gleich darauf wieder an die vorige Position zurück zu baumeln.

„Tatsächlich gibt es aber wirklich Patienten – und Patientinnen – die einen solchen besonderen Service zu schätzen wissen. Natürlich hat das bei uns keinen Vorrang. Es geschieht eher diskret am Rande. Wenn es denn der Gesundung und dem Lebenswillen der Patienten dient, ist uns jedes Mittel recht." Sie lächelte. „Wenn du also hin und wieder bei uns vorbeischauen willst, um einen der Patienten zu betreuen... Ich meine jemanden, der danach verlangt und nicht gerade an Herzschwäche leidet..." Sie beendete den Satz nicht, sondern fingerte stattdessen eine weitere Zigarette aus dem silbernen Etui.

„Ich hatte eigentlich gedacht, ich könnte als Krankenschwester angelernt werden und nicht als Gelegenheits-Hure!" konnte sich Angelina nicht verkneifen zu sagen. In ihr fing eine hilflose Wut an hoch zu kochen. Also doch! Auch hier war sie gebrandmarkt als eine Bewohnerin der Favelas! Wie hatte sie auch nur an einen winzigen Funken Gerechtigkeit glauben können? War sie wirklich so naiv? Hatte sie allen Ernstes gedacht, sie könnte einfach in dieser Zwei-Klassen-Gesellschaft zwischen den beiden Fronten hin- und herwechseln, wie es ihr beliebte? Einmal Autobus und zurück; nachts im Ghetto, tagsüber in der großen Welt der aufstrebenden Stadt?

„So darfst du das nicht sehen!" versuchte die Ärztin sie zu beruhigen. Sie hielt die Zigarette in der Hand, ohne sie anzuzünden. „Eine körperliche Entspannung kann sehr wohltuend und heilsam sein! Oft sind es die ganz einfachen, natürlichen Dinge, die in einem Menschen die eigenen Kräfte zum Gesundwerden wecken. Um es mal näher zu erklären: Beim Höhepunkt des sexuellen Lusterlebens oder kurz dem Orgasmus wird die Durchblutung der Geschlechtsorgane bis zum Anschlag gesteigert. Und zwar sowohl beim Mann als auch bei der Frau. Es kommt zu rhythmischen Muskel-Kontraktionen. Die Spannung entlädt sich. Danach setzt eine Entspannung ein, die oft auf den ganzen Körper übergeht. Dies alles kann, regelmäßig oder auch oft erlebt, zu einer ausgeglichenen, gesunden Lebensweise führen. Eigentlich unverzichtbar für ein erfülltes Dasein voller Lebensfreude!"

Angelina stand auf. „Ich verabschiede mich!" sagte sie. „Vielen Dank für das Gespräch!"

Bianca Águia schwieg und nickte dann. Sie kramte eine Visitenkarte aus einer durchsichtigen kleinen Kunststoff-Box und reichte sie Angelina. Diese nahm die Karte, warf einen gleichgültigen Blick darauf und steckte sie ein. Die Ärztin wollte ihr die Hand zum Abschied entgegenstrecken. Doch die junge Besucherin ging schon in Richtung Türe.

„Entschuldigen Sie, wenn ich etwas zu offen und direkt war!" rief Bianca Águia ihr hinterher. Sie hatte sich wieder auf ein Mindestmaß an Respekt besonnen, das auch höfliches Siezen mit einschloss. „Wenn ich einmal etwas für Sie tun kann, dann helfe ich Ihnen! Einverstanden?"

Die Tür fiel ins Schloss. Nicht energisch und laut. Eher mit einem traurigen Klappern.

Die Ärztin überlegte einen kurzen Augenblick lang und starrte ins Nichts wie ein wartendes Reptil. Sie führte die Zigarette wie in Zeitlupe an ihre Lippen und umschloss sie. Aus dem goldenen Feuerzeug ließ sie die Flamme zischen. So hart im Nehmen diese Leute aus den Favelas auch waren, besaßen sie doch überraschend oft eine gehörige Portion Empfindsamkeit und Stolz! Kopfschüttelnd lehnte sich Bianca Águia im Sessel zurück und schloss die Augen. Dies war erst der Auftakt zu ihrer langen, anstrengenden Nachtschicht. Der Tag hatte auf eine spannende, aber auch etwas peinliche Weise angefangen. Und so viel lag noch vor ihr!

Was sie nicht wusste, war, dass sie Angelina sehr bald wiedersehen würde. Und das unter sehr dramatischen Umständen.

4: STRAND DER HEISSEN SÜNDEN

Der Strand des Stadtteils Copacabana lag an einem der schöneren Stellen der Guanabara-Bucht von Rio de Janeiro. Hier trafen sich die Schönen und die Reichen. Die inländischen und die ausländischen Touristen. Die Käufer und die Verkäufer. Die Schwarzen und die Weißen. Die Badenden und die Sonnenhungrigen. Die, die etwas zu zeigen hatten und die Schaulustigen. Mit abnehmendem Tageslicht würden auch die Liebespaare kommen, um nach Feierabend dem romantischen Sonnenuntergang zuzuschauen. Sowie die Nutten, die Transvestiten und allerlei lichtscheue Gestalten.

Jetzt war es erst kurz nach ein Uhr mittags. Die Sonne stand hoch am fast wolkenlosen Himmel. Sie nährte eine sehr warme Dunstglocke, die über der ganzen Stadt lag. Das Meer rauschte leise und träge wie ein blaues, friedliches Ungeheuer im Halbschlaf. Surfer, Jet-Skier, Paddelboote und Badende bevölkerten das lauwarme Wasser.

Die fröhliche und beschwingte Touristenhochburg vereinte alle zu einer Masse von Vergnügungssüchtigen und Entspannungswilligen. Auch die nicht ganz so Reichen kamen hier zusammen und die, die für gewöhnlich im Schatten der Favelas lebten. Hier konnten sie sich unbeschwert bewegen, weitgehend losgelöst von den strengen Grenzen und der gegenseitigen Belauerung der Favela-Banden. Die Polizei patrouillierte regelmäßig und überall. Wer sich unauffällig verhielt, hatte wenig zu befürchten. Man konnte an der Copacabana nette und sonnige Nachmittage verbringen. Oder das Angenehme mit dem Nützlichen verbinden und sich mit dem einen oder anderen Job etwas dazuverdienen.

Was Jobs anging, war Angelina sozusagen ein gebranntes Kind, welches das Feuer scheute. Momentan jedenfalls. Das Gespräch mit der Ärztin im Hospital hatte ihr schwer zugesetzt. Sie fühlte sich als Bewohnerin einer Favela auf verletzende Weise benachteiligt. Die Favela Rocinha war wie viele andere ihrer Art das Zuhause für eine Vielzahl guter und anständiger, aber eben armer Menschen. Immer noch, selbst in dieser modernen Zeit des dritten Jahrtausends, war es anscheinend nicht möglich, dass Menschen unvoreingenommen und tolerant miteinander umgingen. Nicht jedes Mädchen, das in einer Favela wohnte, war eine Hure oder gar Diebin. Die Selbstverständlichkeit, mit der diese Bianca Águia ihr die Arbeit als Krankenschwester verweigert hatte, machte Angelina fassungslos und wütend. Dass sie ihr gleichzeitig einen Job als Gelegenheitsnutte für liebesbedürftige Patienten in Aussicht gestellt hatte, war der Gipfel der Frechheit gewesen!

Kontakt zum Milieu hatte sie allerdings mehr als nur ein kleines bisschen. Bald würde sie ihre Freundin Giovanna treffen. Sie hatte sie vorhin vom Autobus aus angerufen. Kurz danach war sie in einer öffentlichen Toilette verschwunden, um sich den mitgebrachten Bikini mit dem Fußball-Muster anzuziehen. Ihre restlichen Klamotten trug sie nun als kleines Bündel um ihre Handtasche herum verknotet. Ihr zuvor streng hochgetürmtes Haar trug sie nun wieder lose. Die volle blonde Mähne fiel leicht gelockt nach unten. Sie glänzte wie frisch gegossenes Gold in der Sonne.

Auch Angelinas jüngerer Halbbruder Nicolas war hier irgendwo. Er spielte gerne Fußball am Strand, wenn er nicht gerade im Stadion mit seiner Mannschaft trainierte oder einen Aushilfsjob erledigte. Per Handy hatte er ihr seinen genauen Aufenthaltsort mitgeteilt. Dennoch war es ein Kunststück, ihn hier finden zu wollen. Die Strandpromenade und der größte Teil des wunderschönen Sandstrandes waren gnadenlos überfüllt mit lärmenden, lachenden und übermütigen Touristen und Einheimischen. An mehreren Stellen wurde Fußball oder Basketball gespielt. Inmitten von Sonnenschirmen und Badetüchern kickten eifrige Spieler Bälle hin- und her. Manche von ihnen wurden begeistert angefeuert.

Eine sehr dicke Touristin mit hochrotem Gesicht stritt sich mit einem tiefgebräunten Jüngling. Er war offensichtlich weniger als halb so alt wie sie und gerade mal volljährig. Während die Frau auf ihrer ächzenden Liege hockte, kniete er vor ihr auf der Strandmatte und zerrte ungeduldig an ihrer Handtasche.

„So war das nicht abgemacht, Dona!" rief er aufgebracht. „Sie schulden mir etwas!"

„Wie kannst du das sagen, mein Coelho!" jammerte die Frau. Sie verzog das Gesicht zu einer bedauernswerten Fratze des verletzten Stolzes. „Ich habe dir so viel gegeben! Mein Herzblut, meine Energie, meine Wärme!"

„Geschwitzt hast du wie eine Saftpresse unter Vollauslastung!" höhnte der als Coelho bezeichnete. „Neben dir im Bett zu liegen, ist wie neben einem nassen Riesenschwamm einschlafen zu wollen! Mit der ständigen Angst im Nacken, in dem Schmodder zu ertrinken!"

„Wie kannst du nur so gemein sein, Coelho!" Die Touristin heulte beinahe. Aber es mischten sich auch hochmütiger Trotz und Herablassung in ihre Stimme. Ihre goldenen Ohrringe funkelten im Sonnenlicht. „Sag so etwas nicht!" setzte sie nach. „Und vor allem nicht vor den ganzen Leuten!" Sie war eine Amerikanerin oder Australierin und redete Englisch, vermischt mit einigen Brocken Portugiesisch. Angelina konnte jedes Wort verstehen. Der Dialog heiterte sie zunehmend auf.

„Nenn mich nie wieder Coelho, hörst du!" entgegnete der Junge. Er wurde immer wütender. Man sah es an seinen bebenden Nasenflügeln und den Fäusten, die er ballte. „Ich bin nicht dein Hase! Und schon gar nicht zum Nulltarif! Her mit der Kohle, verdammte Seekuh!"

Die Umstehenden lachten. Sie zogen damit noch mehr Schaulustige an. Schon staute sich an diesem Abschnitt der Strandpromenade der Strom der Fußgänger.

„Aber Coelho, wofür Geld? Wir lieben uns doch! Das hast du selbst gesagt! Ich kann dir doch kein Geld dafür geben, dass wir uns geliebt haben! Dann wärst du ja eine Hure!" Die Dicke verschränkte die Arme vor ihrer Brust und schniefte leise.

„Geliebt haben!" äffte der Jüngling sie nach. „Geliebt haben! Deine Fotze habe ich dir ausgeschleckt! Das Arschloch massiert! Die Titten geknetet wie ein Bäcker den Hefeteig! Deine fetten roten Lippen geknutscht und mit meiner Zunge über deine Zähne geschleckt, die noch voll waren mit Essensresten! Weil du dir nie die Zähne putzt, wenn du nachts über den Kühlschrank herfällst, um die letzten Fressalien zu ergattern! Das arme Gerät! Wenn es eine Seele hätte und Empfindungen, so würde es sich ähnlich fühlen wie ich: vergewaltigt und benutzt!"

„So war das nicht! So war das alles nicht!" Die Touristin gab Geräusche von sich wie eine Heulboje. „Wie kannst du unsere Liebe so in den Schmutz ziehen?"

„Du hast mich in den Schmutz gezogen!" kläffte der Grobian. „Ich werde Erholung brauchen und vielleicht eine Psycho-Therapie! Die zwei Wochen mit dir haben mich um Jahre altern lassen! Her jetzt mit dem Geld, aber ein bisschen plötzlich!"

Die Schaulustigen frotzelten und machten Witze. Ein paar Geschäftstüchtige begannen, Wetten darauf abzuschließen, wie die Sache wohl ausginge. Würde Geld fließen? Wenn ja, wie viel? Würde die Polizei auf den Plan treten? Bei dem Getöse und Geschrei konnte das nicht mehr lange dauern.

Angelina schmunzelte etwas schuldbewusst. Diese öffentliche Peinlichkeit war eine willkommene Abwechslung. Sie ließ sie die Demütigung des Vormittags beinahe vergessen. Doch sie hatte ein zu gutes Herz, um sich unbeschwert auf Kosten anderer zu amüsieren.

„Was meinst du? Wird die Alte blechen?" fragte eine helle Stimme. Eine Hand legte sich auf ihre Schulter. Die Hand hatte sehr gepflegte Fingernägel. Frisch maniküɾt. Angelina fuhr herum.

Giovanna stand neben ihr und zwinkerte ihr zu. Sie trug nichts außer einem knappen schwarzen Bikini. Er verdeckte ihre Brüste nur sehr unzureichend. Eine winzige Handtasche schlenkerte an ihrer Hüfte. Ihr kleines buntes Delfin-Tattoo glänzte an ihrem linken Oberarm. Im Schlepptau hatte sie einen älteren Mann. Er war hager und hochgewachsen, trug weite dunkle Shorts und ein geblümtes kanariengelbes Hawaii-Hemd. Man gewann sofort den Eindruck, dass er ihr bereitwillig hinterherhechelte und scharf auf sie war wie ein Hund auf den Knochen. Erwartungsvoll drängte er sich an sie, als würde er sie am liebsten sofort vernaschen.

„Ich finde dich!" sagte Giovanna und grinste Angelina verschmitzt an. „Ich finde dich immer, das weißt du doch. Hab den sechsten Sinn für so was. Wusste, dass du genau hier vorbeikommst." Bei ihrem Handygespräch vorhin hatte sie bereits von dem erfolglosen Bewerbungsgespräch erfahren. Sie fragte deshalb nicht weiter nach. Ansonsten machte sie ohnehin keinen Hehl aus ihrer Meinung: dass derlei Jobs sowieso Zeitverschwendung waren und man sich die Scheine auch einfacher und schneller verdienen konnte. Ohne dafür einem Chef in den Hintern kriechen zu müssen.

Nun ja, was das in-den-Hintern-kriechen anbelangte, kam Giovanna bei ihrer Arbeit nicht ganz ungeschoren davon. Angelina wusste nicht genau, was ihre Freundin den Kunden für einen Service bot. Doch mehr als schnödes Händchenhalten war es auf jeden Fall...

Sie umarmte Giovanna. Dabei nickte sie auch kurz und freundlich dem Kunden zu. Dieser nahm es mit unruhiger Erregung und Nervosität zur Kenntnis. Wahrscheinlich überschlugen sich in seinen aufgegeilten Gehirnzellen die Sex-Phantasien. Anscheinend war Giovanna mit ihm auf dem Weg zu einem Stundenhotel. Ob sie den Typen wohl soeben hier am Strand aufgegabelt hatte?

„Schön, dass du da bist, Gio!" sagte Angelina. „Hast du Nicolas gesehen? Er spielt hier irgendwo Fußball. Hat er mir gesagt."

„Na klar tut er das!" antwortete Giovanna. „Hätte mich auch gewundert, wenn nicht. Aber gesehen habe ich ihn noch nicht. Muss jetzt auch mal kurz weg. Der großzügige Herr hier sucht ein Gespräch unter vier Augen."

„Ein Gespräch, soso!" raunte Angelina so leise, dass es niemand außer ihrer Freundin hören konnte. „Sein Mund ist dabei der offene Hosenstall – und dein Mund ist dein Mund, was?"

Mit gespielter Empörung knuffte Giovanna ihre Freundin in die Seite. „Kleines vorlautes Miststück!" zischte sie freundlich grinsend und fletschte ihre weißen Zähne. „Kein Wunder, dass du keine Krankenschwester werden darfst bei diesem schlimmen Mundwerk! Würdest die ganzen Patienten vergraulen!" Sie musterte Angelinas Outfit und warf einen anerkennenden Blick auf den engen knallroten Bikini-Slip. Vor allem um die drallen fußball-gemusterten Brüste ließ sie ihre Blicke ausgiebig schweifen.

„Cooler Bikini!" stellte sie amüsiert fest. „Da fahren die Jungs drauf ab! Bist du in diesem Aufzug zum Bewerbungsgespräch gegangen?"

„Ha-Ha!" flötete Angelina und rollte mit den Augen. „Das hättest du vielleicht getan! Ich aber weiß, dass man seriös aussehen muss bei einem wichtigen Termin." Sie deutete auf das Kleiderbündel, das um ihre Handtasche gewickelt war. „Das ist das Zeug von heute Vormittag. Ist schon durchgeschwitzt. Vor Angstschweiß! Werde es morgen waschen."

„Ähem... Wir sollten mal weiter", mischte sich Giovannas Kunde vorsichtig ein. Er sprach Portugiesisch mit einem seltsamen Akzent. Womöglich stammte er aus dem europäischen Mittelmeerraum. „Die Kabinen sind immer gut belegt."

Giovanna nickte. Der Kunde war schließlich König. Sie verabschiedete sich von Angelina und versprach, nachher anzurufen, wenn sie „fertig" war. Pflichtbewusst fasste sie den Mann bei der Hand und ging mit ihm davon.

Angelina lächelte und sah ihr nach. Der Streit der dicken Touristin mit ihrem jungen Liebhaber hatte aufgehört. Entweder hatten sie sich inzwischen geeinigt. Oder die Auseinandersetzung war auf einen späteren Zeitpunkt und einen diskreteren Ort verlegt worden. Angelina kramte ihr Handy hervor, um ihren Halbbruder anzurufen. Wo steckte der Kerl bloß? Hoffentlich würde er überhaupt das Läuten hören, bei all dem Lärm hier!

***

Ein kräftiges Läuten hörte jedenfalls der ältere Mann an der Seite Giovannas. Es waren die frohlockenden Glocken des Geschlechtstriebes. Sie bimmelten aufgeregt in seinem Geist, als er eine freie Umkleidekabine erspähte.

„Da ist eine!" stieß er hektisch hervor. „Hinein, meine Schöne! Rasch!" Er legte ihr die Hand auf den kleinen festen Hintern und schob sie in die Holzbude. Sie war nicht größer als eine mickrige Besenkammer und bot kaum Platz für zwei Menschen. Vor allem, wenn einer der beiden am Boden knien würde. Die Hand des Alten zitterte, als er die klapprige Tür schloss, kaum dass auch Giovanna in die Kabine geschlüpft war. Er drehte die Verriegelung auf Besetzt.

„Kannst es ja kaum erwarten!" stellte Giovanna fest. Sie wusste, was Männer mochten und sank auf die Knie.

„Weil du ein so verflucht geiles Luder bist!" hauchte der Mann mit brüchiger Stimme. Die Wollust schien ihm bereits die Sinne zu benebeln. Er zog einen kleinen Flachmann aus der hinteren Tasche seiner Shorts und schraubte ihn auf. „Ich brauch jetzt einen Schluck, sonst werde ich völlig verrückt!" grunzte er und ließ die scharfe helle Flüssigkeit die Kehle hinabrinnen.

Giovanna schaute zu ihm auf und sah zu, wie er trank. Sie bot ihm einen wundervollen Ausblick auf ihre ausladenden, vollen Brüste. Von dem knappen schwarzen Bikini wurden sie nur mühsam gebändigt. Sie schienen unter dem dünnen Stoff beinahe überzuquellen.

„Willst du auch?" fragte er, als er genug hatte und sich den Mund abwischte. „Zur Desinfektion?"

Sie nickte und streckte die Hand nach der Flasche aus. Mit geschlossenen Augen nuckelte sie den Flachmann leer. Der Alkohol brannte auf ihrer Zunge, im Rachen und in der Kehle. Es fühlte sich gut an. Reinigend, klärend und irgendwie sauber. Jetzt war sie bereit.

„Hol ihn raus!" sagte der alte Mann. „Willst du wissen, wie ich heiße?"

„Wie heißt du?" fragte sie, während sie am Reißverschluss seiner Shorts herumnestelte.

„Nenn mich einfach Amante", antwortete er. „Liebhaber für einen schnellen

Quickie. Das passt."

Sie griff mit ihrer kleinen zarten Hand in seine raschelnden Shorts und zog behutsam seinen Schwanz daraus hervor. Er zuckte etwas zusammen. Vermutlich weil sie immer etwas kühle Hände hatte, selbst bei diesem heißen Wetter. Zwischen ihren zärtlichen Fingern spürte sie sein warmes Blut pulsieren. Der Pica begann sich bereits aufzurichten. Ganz schlaff war er ohnehin nicht gewesen. Seine Schwellkörper waren in Alarmbereitschaft versetzt.

„Amante!" sagte sie. „Was hast du da für einen unartigen, schlecht erzogenen Lümmel! Er zuckt in meiner Hand, als wolle er mich beißen!"

„Nicht wahr?" stöhnte er. „Nicht wahr? Er ist ein Mistkerl! Drangsaliert und bevormundet mich, wo er nur kann! Macht mir Schande vor den ganzen Leuten, pisst in der Gegend rum… Besorg es ihm richtig, meine süße kleine Giovanna! Zeig ihm, wer die Meisterin ist!"

Sie nickte und musterte die rotviolette, großporige Eichel. Die kam unter der Vorhaut hervorgekrochen, neugierig geworden durch das Reiben ihrer Finger. „Das werde ich, Amante!" beteuerte sie. Sofort beugte sich ihr Kopf zu seinem Schritt hin. Feuchte kühle Lippen umschlossen die erhitzte Eichel.

„Oh Gott!" japste der Amante entgeistert. „Das… das fühlt sich SO GUT an! So, ja, so… ist es ganz wunderbar! Du geiles Stück!"

Giovanna begann, ihr spezielles Blas-Programm abzuspulen. Ähnlich einer Waschmaschine hatte sie ihre eigene, immer gleiche Methode, die Arbeit effektvoll und gründlich zu erledigen. Ihr Programm hieß Saugen – lecken – Saugen. Saugen am Schwanz. Lecken an der Eichel; oder den ganzen Riemen entlang und wieder zurück. Abwechselndes Saugen an den beiden haarigen Eiern des Hodensackes.

Um sie anzufeuern und zu loben, quittierte der Amante die Bemühungen seiner gemieteten Geschlechtspartnerin mit wortlosem Stöhnen oder mit Sätzen wie:

„Ja! Ja! Melke ihn, melke!"

„Sei ein unanständiges Mädchen!"

„Oooh, du quälst mich so gerne! Ja, so ist es gut! Die Eichel fühlt sich schon ganz taub an!"

„Ah, lass die Eier dran! Kau´ sie mir nicht ab! Die Dinger sind keine harten Paranüsse! Sie sind empfindlich wie frische Aprikosen!"

Giovannas Kopf ruckelte hin und her. Sie blies den steifen Pica gleichmäßig und sanft, aber dennoch kräftig. Ihre noch nach Alkohol schmeckende Zunge glitt an der dünnen Haut des Gliedes entlang und reizte es bis zum Äußersten. Einzelne voreilige Lust-Tröpfchen und etwas Speichel fielen auf ihren Bauch und ihre nackten Oberschenkel.

Jemand hämmerte gegen die Tür. „Beeilung!" rief eine verärgerte Männerstimme. „Andere wollen sich auch umziehen!"

„Halt´s Maul!" fluchte der Amante und biss wollüstig die Zähne zusammen. „Hier ist besetzt!"

„Sie sind schon bald zehn Minuten da drin!" behauptete die unnachgiebige Stimme von draußen. „Das ist rücksichtslos und unverschämt! Es gibt hier so wenig Umkleidekabinen, da sollte sich jeder beeilen! Damit auch andere zum Zuge kommen!"

Beim Stichwort „Kommen" fragte sich Giovanna: Was war der Amante wohl für einer? Wie lange würde er brauchen, bis sein Saft ihn vorrübergehend von seinem männlichen Bockdrang befreite?

„Ziehen Sie sich doch einfach am Strand um, vor allen Leuten!" empfahl der Amante boshaft. „Wird niemandem weiter auffallen, wenn Sie vorher einen Fingerhut über Ihre Bumswarze stülpen!"

„Das ist doch… Na warte nur, ich bleibe hier draußen stehen!" knurrte die Stimme. Doch sie klang jetzt alles andere als selbstsicher oder aggressiv.

„Hören Sie!" Der Amante riss sich zusammen und bemühte sich um Beschwichtigung. Er wollte sich sein sexuelles Vergnügen nicht durch ungemütliche Worte des Streites kaputtmachen lassen. Während Giovanna weiter ausgiebig seinen rotgeschwollenen Pica bearbeitete und den Mund dabei ziemlich voll nahm, seufzte er schicksalsergeben: „Okay… Ihnen kann ich's ja sagen: Ich habe eine schwere Operation gehabt, aber ein Arzt war besoffen und hat gepfuscht. Künstlicher Darmausgang, Sie verstehen? Er hält nicht! Bleibt nicht an der Stelle, wo er soll. Jetzt hängt mir das Plastikding aus dem Arsch raus bis auf den Boden runter! Ich tue mein Bestes und versuche, es wieder reinzustopfen. Ist gar nicht so einfach bei dem vielen Sand, der da rausrieselt. Vorhin habe ich es hunderte Meter über den Sand geschleift, ohne es zu bemerken. Wissen Sie, wie übel so eine Situation ist? Wollen Sie mir vielleicht helfen? Wenn ja, nur zu – ich öffne die Tür und dann versuchen wir gemeinsam, den künstlichen Darm in meinen Arsch zurück zu verfrachten! Einverstanden?"

Die Antwort war ein betretenes Schweigen. Der Typ hatte sich vielleicht verpisst. Oder er war vor Schreck und Anteilnahme sprachlos geworden. Von draußen waren jetzt nur noch Strandgeräusche zu hören: Kichernde Frauen, schreiende Kinder, das Rufen eines Eisverkäufers und das stete, gleichmäßige Rauschen des Atlantiks. Von der Straße her ertönten Autohupen und Motorenbrummen.

Mit dem Kennerblick einer Fachfrau begutachtete Giovanna ihr Werk: Pumpend und feuchtglänzend vor Schweiß und Speichel ragte der erhärtete Pica vor ihrem Gesicht. Sie drückte ihn mit den Händen etwas nach unten, damit er eine waagerechte Position einnahm. Hätte sie dem Ding freien Auslauf gewährt, wäre es nach oben gestanden wie eine dicke Weihnachtskerze. Wusste der Teufel, was der alte Kerl für eine Pille geschluckt hatte. Sein Schwanz war fast schon unanständig hart. Wie ein Gummiknüppel!

„Lutsch weiter!" ächzte der Amante. Er wühlte mit seinen Händen in ihrem dichten

Haar. Seine Beine hatte er so weit gespreizt, dass die Füße an den Holzwänden links und rechts Stütze und Halt fanden. Dadurch war er auch etwas kleiner, als wenn er sich zur vollen Größe aufgerichtet hätte. Die kniende Giovanna hatte so einen besseren Zugang zu seinem Fleischkolben.

Den nutzte sie fleißig. Ihre Lippen waren bereits benetzt von seinem klebrigen Sperma. Sie saugten sich an seiner Haut fest und glitten glitschig über den Pica. Nach einigen Augenblicken suchte sie mit dem Mund nach seinem Sack und umspielte mit der Zunge beide Eier. Mit schiefgelegtem Kopf machte sie sich unterhalb des stark behaarten Sackes zu schaffen. Währenddessen rieb sie mit der linken Hand seinen Schwanz. Mit der rechten stützte sie sich an seinem Hintern ab.

„Wir dürfen nichts schmutzig machen!" mahnte der Amante. „Alles muss sauber hinterlassen werden! Wir dürfen nichts beflecken. Das wäre eine Sünde. Wirst du meinen Saft schlucken?"

Giovanna nickte und sah ihn von unten herauf an. Sie fischte sich ein Schamhaar aus dem Mund. Gemächlich ließ sie ihre Zunge die Hoden entlang gleiten bis zur Schwanzwurzel und danach den Riemen entlang in Richtung Eichel.

„Ein sauberes Mädchen!" urteilte der Amante zufrieden. „Niemand darf euch je beleidigen oder schlecht über euch reden, ihr Girls vom Strand mit eurem hervorragenden Service!"

Giovanna lutschte wieder. Mit geschlossenen Augen spürte sie das geschwollene Männerfleisch in ihrem Rachen. Die Eichel stieß gegen ihr Gaumenzäpfchen. Sie war bereits so geübt, dass sie hierbei keinen Brechreiz mehr verspürte.

Der Amante spürte das Sperma in sich emporsteigen wie flüssigen Sprengstoff oder glühende Lava. Es faszinierte ihn immer wieder, denjenigen Moment abzuwarten und erkennen zu können, an dem es zu spät sein würde, um das Geschoss noch weiter zurückzuhalten. Es war der „Point of no return" eines jeden Mannes. Der Punkt, der von der Sexpartnerin je nach Ausgangslage und Stimmung entweder hinausgezögert oder herbeigesehnt wird.

„Oh Gott... Jetzt kommt es gleich!" kündigte der Amante mit schwankender Stimme an. „Ich halt das nicht aus! Arrgh!" Er klemmte seine gebogene Zunge zwischen die Zähne und rollte mit den Augen.

Draußen pochte es wieder gegen die Holztür. Daraufhin sagte die Stimme des Mannes von vorhin: „Lassen Sie den armen Kerl da drin in Ruhe! Bei ihm ist das ein Notfall!" Das Pochen verstummte. „Wenn das so ist..." sagte eine Frauenstimme. „Es hört sich ja furchtbar an. Als ob da drinnen jemand im Sterben liegt!"

„Diese gottverdammten Schwätzer und Störer!" keuchte der Amante verzweifelt. „Nirgends können sie einen in Frieden lassen!"

Giovanna schmiegte ihren Mund wie einen Pfropfen auf den Schwanz, der jetzt im sexuellen Endstadium zitterte. Sie war bereit, die Ladung Sperma in sich aufzunehmen und sogar hinunterzuschlucken. Es war nicht das erste Mal, dass sie dies getan hatte.

Das großzügige Geschenk aus Papier, das sie vorhin erhalten hatte, erleichterte ihr die Überwindung des Ekels. Die Real-Scheine knisterten trocken und beruhigend in ihrem Bikini-Oberteil, in die sie sie gesteckt hatte.

„Man muss ihm doch helfen!" Die Frauenstimme draußen gab keine Ruhe. „So ruf doch jemand einen Arzt!"

„Er stopft sich einen Plastik-Darm zurück in den Po!" ließ sich der Mann von vorhin vernehmen. Es hörte sich besorgt und misstrauisch zugleich an.

„W – Was?!" Die Frau klang völlig perplex.

„Elendes Pack!" stieß der Amante gepresst hervor. In wenigen Sekunden würde er losspritzen. Der Orgasmus nahte unaufhaltsam und gewaltig wie ein Düsenjet. Er schob Giovannas Kopf etwas von sich, so dass sein Pica aus ihrem Mund glitt. Rasch, aber vorsichtig genug, damit sie nicht aus Versehen mit den Zähnen seine empfindsame Eichel berührte.

Sie sah fragend zu ihm auf, glänzendes Sperma auf Zunge, Gaumen und Lippen. Doch was er nun tat, war Antwort genug.

Der Amante ließ das Becken kreisen. Die heruntergezogenen Shorts klebten unterhalb seines Hinterns am verschwitzten Leib. Lauter als ein Vieh auf der Weide fing er an, wie von Sinnen zu blöken, während er in blinder Raserei am Drehknauf der Türe herumnestelte.

Er riss die Tür auf.

Im gleißenden Sonnenlicht des Strandes standen einige Menschen vor der Umkleidekabine. Er sah ihre erschrockenen und aufgeregten Gesichter, als sie ihn erblickten. Sie bemerkten seinen steifen Pica. Die Gesichter wandelten sich schlagartig zu verstörten Mienen der Fassungslosigkeit.

Im selben Moment spritzte er los.

Es traf nicht alle, denn zum Zielen fehlten ihm nun wirklich die Zeit und die Fähigkeit. Aber niemand, den es traf, hatte Gelegenheit, auszuweichen. Erregt über alle Maßen und zugleich wütend wie ein Berserker, pumpte der Amante seine dünnflüssige Eiersuppe in Hüfthöhe auf die Umstehenden. Schreie ertönten. Die Frau, die soeben noch den Arzt hatte rufen wollen, kreischte wie von Sinnen drauflos. Als hätte vor ihren Augen ein Selbstmordattentäter eine Handgranate gezückt.

Ein halbes Dutzend Pumpstöße gingen auf die Menschengruppe nieder, die vor der Kabine gewartet hatte. Der Amante spürte die Anspannung in seinem Schwanz rasch abklingen. Ein leichter Schmerz nagte an seinen Eiern. Auf eine perverse Weise wurde seine sexuelle Erregung von einem vollkommen verrückten Drang nach Selbstdarstellung unterfüttert. Es gefiel ihm, die Leute kalt erwischt zu haben. Er hatte sie inmitten ihrer Geselligkeit und ihrer ungeduldigen und neugierigen Fragerei zu Tode erschreckt mit seiner schamlosen Entblößung. Jetzt segnete er sie mit einigen Schwengel-Fontänen des heiligen Sackwassers, dem die Zauberkraft der menschlichen Vermehrung innewohnt.

Giovanna machte, dass sie von hier verschwand. Schnell wie der Wind huschte sie an ihrem Kunden vorbei. Sie murmelte ein hektisches „Ciao!" und verschwand in der Menschenmenge. Als wie geschickt hatte es sich mal wieder erwiesen, dass sie bei diesem Kerl ihr Geld vor der Dienstleistung verlangt und erhalten hatte! Den abgrundtief peinlichen und wahnhaften Tumult, der sich sogleich ausbreiten würde, wollte sie ganz sicher nicht erleben!

„Drecksau!" ertönte auch schon ein Heulen voller Verstörtheit und Ekel.

„Porco!"

„Nojento!"

„Caralho pa fodece!"

„Filha da puta!"

Ob sie ihn lynchen wollten, die Polizei riefen oder der Amante sich einfach aus dem Staub machen konnte, war nicht mehr zu sehen. Giovanna rannte so schnell sie konnte. Sie wich dösenden Männern auf Badetüchern aus und umrundete sich einölende Frauen und spielende Kinder. Sie war abgebrüht genug, um im Laufen mit der einen Hand nach den Geldscheinen unter ihrem Bikini-Oberteil zu tasten. Mit der anderen Hand wischte sie sich das Sperma vom Mund.

Warum musste ihr das immer wieder passieren? Dass irgendwelche Biedermänner, angefeuert und ermutigt durch Alkohol und überbordende Geilheit, sich vor ihr beweisen wollten? Allerlei erschütternde und auch komische Situationen hatte sie in ihrer jungen Hurenkarriere bereits erlebt. Doch diese dreiste Sperma-Dusche eben war der Gipfel der Geschmacklosigkeit gewesen!

Wobei, so ganz geschmacklos war die Angelegenheit dann doch nicht. Davon kündeten die Reste des nussigen Aromas auf ihrer Zunge.

**

Zungen waren auch andernorts eifrig in Gebrauch. Allerdings auf eine weit harmlosere Art: Angelina hatte ihren Halbbruder gefunden. Sie stand mit ihm zwischen zwei Palmen unweit des Meeres. Die beiden palaverten und quatschten mit einer Hingabe, dass sie dazu mit sämtlichen Gliedmaßen gestikulierten.

Nicolas war ein hübscher Kerl mit kurzem lockigen Haar. Es war schwarz und glänzte etwas ölig durch das Haarwasser, von dessen Benutzung er sich nicht abbringen ließ. Er hatte ein tiefgebräuntes, ebenmäßiges Gesicht, eine anmutige Nase und ein kräftiges, rundes Kinn. Seine Augen leuchteten in einem warmen Braunton. In ihnen blitzte der Schalk. Wie die meisten Fußballspieler war er sehr durchtrainiert. Trotz seiner erst sechzehn Jahre hatte er muskulöse und fast holzharte Beine. Als Stürmer im Mittelfeld war er berüchtigt für seine blitzschnellen, geschickten Tritte nach dem Ball und seine genialen Täuschungsmanöver.

Jetzt trug er das gelb-blaue Trikot seines Regionalvereins, dazu dunkle Strümpfe und weiße Fußballschuhe. Sie wirkten schon ziemlich ramponiert und waren auch nicht mehr wirklich weiß. Bald würde er sie austauschen müssen, um mit seinen Spielerkollegen aus den wohlhabenderen Vierteln mitzuhalten.

„Boa tarde!" grüßte Giovanna und trat auf die beiden zu.

Angelina lächelte und zog die Augenbrauen hoch: „Hi, Gio! Das ging aber flott!"

Nicolas musterte sie anerkennend. „Boa tarde, Gio!" sagte er. „Gut siehst du aus! Wunderhübsch wie ein frischer Frühlingsmorgen! Und das sogar am Nachmittag."

„Gesülze!" lachte Giovanna. Sie freute sich aber dennoch über das schwülstige Kompliment. Mit Nicolas hatte sie schon zwei- oder dreimal gebumst, als er noch ziemlich jung und unerfahren gewesen war. Dennoch gingen sie weiterhin locker und unvoreingenommen miteinander um. Sie scherten sich nicht weiter um vergangene kleine Sünden.

„Die Honigmelonen wachsen heute wieder besonders üppig!" stellte Nicolas mit einem schelmischen Blick auf Giovannas Brüste fest. „Dafür könnte man glatt zum obstgeilen Vegetarier werden!"

„Brauchst du nicht, Nicolas!" antwortete Giovanna. „Der Garten ist heute bereits geschlossen. Besonders für dich armen Schlucker! Eintritt nur für zahlende Gäste, und für heute reicht es mir." Sie fischte die Real-Scheine aus dem Bikini und verstaute sie in ihrer kleinen Handtasche.

Mit dem Fuß angelte sich Nicolas einen Ball vom Boden. Er gehörte ihm. Er hatte ihn dort vorrübergehend abgelegt. Der Ball war einmal hellgelb gewesen. Jetzt war der Farbton seines Leders ein schmutziges Hellbraun, durchsetzt von dunklen Schlieren und Grasflecken. Nicolas balancierte den Ball auf der Oberseite seines Fußes. Er ließ ihn mehrere Male hintereinander in die Höhe schnellen und kickte ihn geschickt zwischen Fuß und Knie hin und her. Schließlich entglitt er ihm doch und kullerte davon. Mit einem leisen Fluchen lief er ihm hinterher.

„War´s erträglich?" fragte Angelina ihre Freundin teilnahmsvoll.

„Einträglich auf jeden Fall!" versicherte Giovanna. „War ein Spinner, der Kerl, aber harmlos. Ich hatte ihn erst für einen Langeweiler gehalten. Aber er hat sich als kleiner Drecksack erwiesen, der sich mit einer ganzen Menschenmeute anlegt. Aber Einzelheiten erzähle ich dir ein anderes Mal. Bin ziemlich müde." Wie zur Bestätigung des Gesagten folgte sogleich ein langgezogenes Gähnen, das sie nur verhalten mit einer Hand bedeckte.

„Aber hoffentlich nicht zu müde für die Party heute Abend?" Angelinas Augen sprachen Bände: Du kommst doch mit, Gio, oder? Lässt mich nicht allein mit der ganzen Gang? Es wird bestimmt spaßig und interessant! Aber es kann schnell ins Gefährliche umschlagen. Bei den ganzen Crackheads und Säufern da… Dich respektieren sie, weil du im Milieu arbeitest.

Viele Worte brauchte es nicht zwischen ihnen. Giovanna schüttelte wie in Zeitlupe ihren hübschen Kopf. Das verschwitzte Haar hing ihr in die Stirn und bedeckte auch einen Großteil beider Wangen. Mit klimpernden Augenlidern nahm sie ihre Freundin ins Visier und säuselte: „Ich hole dich um acht ab, einverstanden? Wir gehen gemeinsam hin. Keine Sekunde lasse ich dich dort aus den Augen! Mein zarter, anständiger Ich-will-Krankenschwester-werden-Engel."

„Wer holt wen wo ab?" wollte Nicolas wissen und trat mit seinem Fußball in der Hand zwischen sie.

„Sie mich, zur Party der Rocinha Ghosts", erklärte Angelina und schlang einen Arm um Giovannas nackte weiche Schulter.

Nicolas runzelte die Stirn. „Du willst dort wirklich hin? Du weißt, wie es da zugeht? Und was für Typen sich da rumtreiben?"

„Kenne ich schon alles!" entgegnete sie. „Ich bin alt genug und schließlich auch aus der Siedlung. Genau wie alle anderen."

„Du bist ein Mädchen und hast keinen festen Freund. Und selbst wenn du einen hättest, wärst du nur einigermaßen sicher, wenn er aus der Gang wäre."

Kein fester Freund? dachte Angelina. Wenn du wüsstest, mein liebes Bruderherz! Noch ist die Sache mit Daniel nicht in trockenen Tüchern. Aber es sieht gut aus! Denn er mag mich, und vielleicht liebt er mich sogar. Und ich bin sicher, dass er heute Abend da sein wird.

Laut sagte sie: „Ich brauche keinen Beschützer, wenn du das meinst. Außerdem ist Gustavo doch da, oder? Mein älterer Bruder wird schon ein Auge auf mich haben. Meinst du nicht?"

Nicolas zuckte die Achseln. „Bei dem weiß man nie. Keine Ahnung, ob er da sein wird. Hab ihn seit Tagen nicht mehr zuhause gesehen. Er treibt sich in fremden Betten herum oder in der Stadt. Vielleicht schmort er in einer Gefängniszelle."

„Was ist mit dir, kommst du auch?" fragte Giovanna.

„Mal sehen." Nicolas winkte ab. „Wahrscheinlich nicht. Die Meute dort und den ganzen Wahnsinn ertrage ich nur besoffen. Und was das Saufen angeht, will ich mich zusammenreißen. Die Auswahlspiele haben schon angefangen. Die Talent-Scouts der großen Fußball-Clubs sind unterwegs. Da braut sich vielleicht was zusammen! Ich kann es mir nicht leisten, wegen zu vielem Feiern eine schlechte Leistung zu bringen oder auszufallen."

Giovanna nickte verständnisvoll. Sie war beeindruckt von seinem Sportsgeist und seinem Ehrgeiz, Fußball-Profi zu werden.

„Es wird doch wohl fröhlich zugehen", vermutete Nicolas. „Ist nicht nur ein Fest für die Aufnahme der zwei neuen Gangmitglieder. Sondern auch eine Freispruch-Fete zu Ehren von Luca, der rechten Hand vom Boss."

„Ich möchte mal wissen, wie der das mit dem Freispruch wieder geschafft hat!" sagte Giovanna kopfschüttelnd. „Der Typ hat so viele Leichen im Keller, das stinkt bis zum Zuckerhut hoch."

Nicolas legte stumm einen Zeigefinger auf seine Lippen und schloss die Augen.

Giovanna schwieg.

„Da ich vielleicht nicht komme, möchte ich, dass ihr euch die Sache mit der Party nochmal überlegt", empfahl er. „Ich weiß, ihr seid zwei eigenwillige, neugierige Girls. Aber ein solcher Ort und ein solcher Anlass sind kein harmloses Zuckerschlecken."

„Dann werde endlich Profi und mach das große Geld mit Fußball! Sorge dafür, dass wir ein feines Haus mit Pool in Leblon oder Ipanema beziehen können!" schlug Angelina vor. „Dann werden wir niemals mehr auf eine Favela-Party gehen, versprochen!"

„Aber für heute", schloss Giovanna heiter, „werden wir mit Rocinha vorlieb nehmen!"

Nicolas seufzte und kratzte sich am Kinn. „Dann passt aber auf heute Abend!" bat er eindringlich. „Seht euch bitte vor. Geht nicht so spät hin, und seid umso früher wieder zuhause!"

„Hat mir Mama schon eingetrichtert", sagte Angelina leicht genervt. „Ist okay. Machen wir! Ja, starker Bruder, halber Mann! Ähem… Ich meine natürlich halber Bruder, starker Mann! Dein Wunsch ist uns Befehl!" Giovanna kicherte.

Etwas verwirrt fragte sich Nicolas nicht zum ersten Mal in seinem jungen Leben, ob seine schöne Halbschwester ihn jemals ernst und für voll nehmen würde, ohne ihn zu veräppeln. Würde er es wohl je erleben, dass sie einen seiner Ratschläge annahm, ohne Ironie und Witze auf seine Kosten?

Ihm war noch nicht bewusst, dass das eigentlich ganz egal war. Neues stand an. Bald würden ungeheure Ereignisse sein Leben komplett umkrempeln.

***

Vitória betrachtete die weißen Strapse. Sie hatte sie auf dem Bett des unteren Gästezimmers vorgefunden, ganz so wie Jorge Javali es ihr gesagt hatte. Die Strapse waren neu und nicht billig gewesen. Das Preisschild der Boutique hing noch dran. Die Nylon-Maschen waren sehr weit. Das Ding sah ordinär und extrem nuttig aus. Das Kostüm, das sie dazu anziehen sollte, war ein schwarzweißes Mini-Kleidchen; so kurz und knapp, das es weit mehr zeigen als verhüllen würde. Sie würde darin aussehen wie die Rotlicht-Version einer Hausdienerin des achtzehnten Jahrhunderts!

Vitória warf den Fetzen Stoff aufs Bett und ließ sich auf die Matratze sinken. Sie war nackt und hatte soeben im Gäste-Badezimmer geduscht. Jorge Javali war nicht zu hören oder zu sehen. Ein Glück! In der ganzen Villa schien sich nichts zu rühren. Selbst die antike, laut tickende Standuhr, die im Salon stand, war von hier aus nicht zu hören.

Vitória spreizte im Sitzen ihre Beine. Für eine Frau Anfang Dreißig waren sie ausgesprochen fest und schlank. Sie besah sich ihren Schamhügel, der ziemlich buschig war. Ein zart gekräuseltes Etwas, dunkelbraun wie ihr Haar. Seit Monaten schon hatte sie sich den Busch nicht mehr rasiert. Das würde sie nachher noch tun.

Behutsam strich sie sich über die feinen Härchen. Sie spürte die Wölbungen ihrer Schamlippen. Die, welche vorhin so frech und grob von Jorge Javali betatscht worden waren. Die zweifellos bald im Mittelpunkt des allgemeinen Interesses sein würden, wenn sie sie am heutigen „Herrenabend" zu präsentieren hatte.

Hatte ihr Chef auch Huren oder Escort-Girls gebucht? Vitória hoffe es. Sie wollte nicht einmal daran denken, was es für sie bedeuten mochte, die geile und geifernde Horde von Männerschweinen ganz alleine befriedigen zu müssen!

Und wieder dachte sie an ihre Familie. Ihre Kinder.

Angelina, die immer Geld brauchte und sich so sehr nach einem ordentlichen Job außerhalb der Favela sehnte. Ob ihr Bewerbungsgespräch gut verlaufen war? Bisher war weder ein Anruf noch eine SMS eingetrudelt.

Nicolas, der ein großes sportliches Talent war und ständig teure Fußball-Sachen brauchte.

Gustavol, der kleine Verbrecher: immer nah am Abgrund lebend, in dem rasiermesserscharfe Klingen darauf warteten, ihn aufzuschlitzen.

Ob es an dem „Herrenabend" ein extra Trinkgeld für sie geben würde? Zusätzlich zu den tausend Real, die Jorge Javali ihr bezahlte? Was für Ficker würden sie sein? Harmlose, schnell zu befriedigende – oder mit Pillen, Potenzmitteln und perversen Sehnsüchten aufgeputschte Spinner ohne natürliche Scham und moralische Grenzen?

Vitória schwitzte beim Gedanken an die abendlichen Ausschweifungen. Instinktiv hielt sie sich beide Hände vor die Scheide gepresst. Sie ahnte, dass mit dem „Herrenabend" etwas Abnormes, noch nie Erlebtes auf sie wartete. Etwas, an das auch nur zu denken sie sich streng verboten hätte.

Bis jetzt wusste sie allerdings nichts vom rauschhaften Ausmaß dieser schamlosen Vergnügungen.

TEIL 2

5: JUNG, GEIL UND BEREIT FÜR ALLES

Die kleine Flamme wurde im trüben Licht des Zimmers geboren und flackerte. Es roch nach Schwefel. Angelina hielt das Streichholz an die rote Kerze. Als sie brannte, wedelte sie mit der Hand und löschte damit das Streichholz. Sie legte es weg und widmete sich dem Kreuz an der Wand.

Der hölzerne Christus wurde von dem warmen Lichtschimmer der Kerze beleuchtet. Er warf dunkle, sich bewegende Schatten an die Wand. Die Kerzenflamme brannte unruhig, denn eine frische Brise wehte durch die Favela. Ein Hauch davon drang durch die Ritzen der fingerdünnen Wände und des Wellblechdaches.

Still und ernst faltete Angelina ihre Hände zum Gebet und schloss die Augen. Inbrünstig bat sie um Stärkung ihres Herzens und um eine gute Entwicklung der Dinge. Vor allem was die Fußball-Karriere ihres Halbbruders Nicolas betraf. Und den Werdegang ihres vom rechten Weg abgekommenen Bruders Gustavol.

Als sie ihr Gebet beendet hatte, blieb sie noch einen Moment lang auf dem Boden sitzen. Sie sah auf die Wand mit dem Kruzifix und dem winzigen Regal, auf dem die Kerze stand. Von draußen drang die Geräuschkulisse des Ghettos beinahe ungefiltert herein. Irgendwo bellten sich zwei Hunde an. Flaschen klirrten. Etwas rumpelte, als würden Kisten geschleppt. Ein Motorrad knatterte. Ein dumpfes, leises Knallen ertönte; vielleicht das Schlagen eines Teppichklopfers gegen einen aufgehängten Bettvorleger.

Nein, hier wollte sie auf Dauer nicht wohnen bleiben! Sie würde es aus der Favela herausschaffen, mitsamt ihrer Familie! Angelina stand auf und blies die Kerze aus. Sie streifte sich das grüne T-Shirt ab, das sie für ihr Gebet angezogen hatte. Andächtig ging sie zu dem kleinen Raum hinter der Küchenecke, ihrem Zimmer. Nackt wie Gott sie geschaffen hatte, klaubte sie eine Puderdose aus dem Schränkchen, das aus Plastikplanen gefertigt war. Sie schüttete etwas Puder auf ihre Scham und verrieb ihn. Die Farbe des wenigen Schamhaars wandelte sich von einem dunklen Braun in ein rosiges Weiß. Der Puder duftete nach Rosenblüten. Sie massierte ihn in ihre Haut. Es kitzelte an ihren Schamlippen, die durch den jetzt weißen Schimmer der Haut rosarot leuchteten.

Was, wenn Giovanna recht hatte mit ihrer kühnen Behauptung? Dass nämlich das Dasein als Nutte das einzig Wahre wäre? Zumindest unter diesen Umständen, in dieser Gegend? Was, wenn sie selbst das erst viel zu spät als richtig erkennen würde?

Vielleicht erst nach zahlreichen, frustrierenden Job-Absagen und erfolglosen Bewerbungsgesprächen?

Stand nicht schon in der Bibel geschrieben, dass selbst Jesus Christus die Huren respektiert hatte?

Als Nutte ist die Zeit mein Kapital, sagte Gio immer. Die meiste Kohle ist jetzt zu machen, in jungen Jahren. Wenn ich mal über Dreißig bin, werden die Einnahmen weniger üppig sein. Es sei denn, ich lasse mich auf die ganz dreckigen Sauereien ein. Ich ficke gegen die Zeit an. Je weniger die Falten, je praller die Brüste und fester die Lippen oben und unten sind, desto mehr Geld fließt. Ist doch klar!

Gio wusste, von was sie sprach, hatte sie doch häufig Kontakt mit den wirklich alten Huren. Manche waren drogensüchtig und körperliche Wracks. Viele waren Alkoholikerinnen. Einige waren so zahnlos, dass es einerseits sehr hässlich war. Andererseits bot es die ideale Basis für den Oralverkehr. Besser, geschmeidiger und schmerzfreier als von einem zahnlosen Mund konnte ein Männerschwanz nicht gelutscht werden.

Irgendwo in Rocinha sollte es eine Dreckbude geben mit Löchern in den Bretterwänden. Durch diese konnten die Männer ihren Pica stecken. Von wem ihnen da drinnen dann einer abgekaut wurde, war nicht zu sehen. Es konnten Transvestiten, zahnlose alte Dirnen oder dressierte Esel sein. Letzteres war natürlich eher unwahrscheinlich und eine ziemlich perverse Vorstellung.

Gio war trotz ihres jungen Alters abgeklärt genug, um zu wissen, dass sie womöglich einmal ähnlich enden würde wie die Altnutten, die sie jetzt bemitleidete und auch etwas verachtete. Und wie so viele ihrer jungen Kolleginnen redete sie sich ein, dass sie noch sehr viel Zeit hatte, um ein Vermögen zu verdienen. Einen Haufen Kohle, um später, im Alter, nicht mehr arbeiten zu müssen. Leider nur allzu oft wurde das verdiente Geld von vielen Mädchen pulverisiert und durch die Nase verjubelt. Oder es raste, in harte Drogen umgetauscht und gespritzt, wie ein verhängnisvoller Zug der falschen Glückseligkeit durch ihre Blutbahnen. Manche der drogensüchtigen Nutten gingen der Einfachheit halber gleich für ihren Dealer anschaffen. Sie wurden mit nichts weiter bezahlt als mit einer regelmäßigen, fetten Drogendosis, die sie am Leben und am Arbeiten hielt.

Angelina wollte das alles nicht. Sie sehnte sich nach dem echten, kleinen Glück einer Familie, aber ohne Geldnot. Sie wünschte sich ein Haus im Grünen. Oder zumindest eine schöne Wohnung in der City. Ein geregeltes, normales Leben in der Mitte der Gesellschaft. Jedoch hatte sie auch Angst vor sich selbst. Angst davor, doch noch schwach zu werden, zumal ihre beste Freundin trotz ihres jungen Alters eine bereits erfolgreiche und abgebrühte Nutte war. Durch Gio hatte sie unmittelbaren Kontakt zum Milieu.

Sie fürchtete sich vor den starken, beinahe tierischen Instinkten, die sie in sich spürte. Ihre junge, lebenslustige Geilheit brodelte in ihr wie ein kaum gebändigter

Vulkan. Die verrückte Vorstellung, dass man das Angenehme mit dem Nützlichen verbinden könnte, war zum Fürchten. Denn es war doch klar, dass eine Nutte zu sein nicht bedeutete, ab und zu mit jungen, gutaussehenden Boys zu vögeln. Es hieß, relativ wahllos mit vielen Böcken verschiedensten Alters Unzucht zu treiben. Je wahlloser, desto lohnenswerter. Die Typen, die besonders alt waren, zahlten in der Regel am besten, nicht die Jüngeren. Am großzügigsten waren die, die sehr alt und zudem noch pervers waren.

Giovanna hatte ihr einmal von einem Freier erzählt, der in dem Wahn lebte, seine sexuelle Erfüllung in einem Dasein als Vampir zu finden. Der Saukerl bestellte sie immer dann zu sich, wenn sie ihre Tage hatte. Während sie nackt auf dem Fliesenboden seines Badezimmers lag, saugte er japsend und wollüstig stöhnend an ihrer blutenden Scheide. Die Regelblutung floss heraus und er trank davon, was er erhaschen konnte. Mit blutverschmiertem Mund wälzte er sich dann auf dem Boden herum und onanierte mit seinem erregten, steifgeschwollenen Pica.

Angelina wischte die widerlichen Erinnerungen an die Erzählung ihrer Freundin beiseite. Sie rieb ihre Achselhöhlen mit einem Deo-Stift ein und legte etwas Parfüm auf. Sie überlegte kurz und massierte den Körperpuder dann auch noch auf ihre großen Brüste. Das Zeug roch wirklich sehr gut.

Ihre einziger perfekt passender Push Up BH war an den Rändern etwas ausgefranst. Die Stoffriemen waren ausgeleiert. Doch das war alles nicht so schlimm. Falls Daniel bei der Party da sein und falls es zwischen ihnen wieder funken würde, so täte der schlechte Zustand ihres BHs dem Liebes-Abenteuer bestimmt keinen Abbruch. Daniel würde das nicht stören, wenn er sie vernaschte, angeheitert vom Zuckerrohrschnaps und geil wie ein Matrose auf Landgang.

Ob es wohl überhaupt zum Sex mit ihm kommen würde? Getrieben hatte sie es bisher noch nicht mit ihm. Wenngleich es einmal fast dazu gekommen wäre. Er war ein ruhiger, aber männlicher Typ. Keine übermäßigen Muskeln, aber selbstbewusst und durchsetzungsfähig. Er trug eine Brille, was ihn klug aussehen ließ. Immer mal wieder las er auch Bücher. Wenn sie es aus dem Ghetto herausschaffen würde, dann mit einem Kerl wie ihm! Keinesfalls wollte sie sich mit einem der Rocinha Ghosts einlassen. So charmant und nett manche von ihnen erschienen, so waren Mädchen und Frauen für sie nur so etwas wie Nutzvieh. Welches sie bestenfalls gut behandelten. Im schlechten Fall aber drangsalierten, brandmarkten, ins Gesicht tätowierten und schlugen.

Als Angelina sich bereits einen Slip und eine kurz geschnittene, ausgefranste Jeans übergezogen hatte, klopfte es gegen die dünne Tür der Hütte. Sie wackelte dabei in den Angeln. „Oi!" ertönte eine fröhliche Mädchenstimme. „Oi, Angelina! Hallo! Bist du fertig?"

„Komm rein!" rief Angelina. „Kannst mir helfen bei der Wahl des Oberteils."

Giovanna trat ein. Sie ging die paar Schritte zu dem winzigen Bretterverschlag, der das Zimmer ihrer Freundin war. Beide küssten und umarmten sich.

„Hm, riechst du wieder lecker heute!" stellte Giovanna fest. „Da könnte man glatt lesbisch werden!"

Angelina kicherte. Sie fuchtelte Giovanna mit vier T-Shirts vor der Nase herum, je zwei in jeder Hand: „Komm, sag, Gio! Welches soll ich anziehen?"

Giovanna zeigte auf ein knapp geschnittenes, schwarzes, das die Figur betonen würde. Besonders die Formen der beiden großen Wölbungen vorne.

Sie selbst trug eine rote Netz-Bluse mit langen Ärmeln. Das Netz war so grobmaschig, dass man darunter sämtliche Einzelheiten genau erkennen konnte: Tattoos, Mini-BH und die eine oder andere rötliche Pustel. Ein äußerst kurzer Minirock spannte sich um ihre samtweichen Oberschenkel.

Angelina schnappte sich mit den Zähnen ein weißes Shirt. Sie stopfte die anderen drei ihrer Auswahl in den Plastik-Kleiderschrank zurück. Es sah sehr sexy aus, als sie das Shirt anzog. Zweifellos passte es ihr ausgezeichnet. Die Ärmel waren kurz. Der Ausschnitt war ziemlich weit geschnitten und aufreizend. Den Bauch zierte eine aufgedruckte Palme in den Farben Grün, Gelb und Blau.

„Warum jetzt plötzlich das Weiße?" fragte Giovanna.

„Weil Weiß das Gegenteil von Schwarz ist und du mir zum Schwarzen geraten hast!" erklärte Angelina. „Du weißt doch, dein Geschmack ist immer so furchtbar, dass nur das Gegenteil richtig sein kann!"

Mit gespielter Entrüstung deutete Giovanna an, sie erwürgen zu wollen. Sie lachte aber und hieb ihrer Freundin auf den prallen runden Jeans-Hintern. „Obrigada!" sagte sie grinsend. „Vielen Dank, meine Süße!"

Obwohl es schon kurz nach acht Uhr war und die Party längst angefangen hatte, schminkten sie sich beide ausgiebig. Sie trugen Rouge, Lidschatten und Lippenstift auf und perfektionierten ihre natürliche Schönheit. Giovanna hatte sich schon bei sich zuhause geschminkt. Sie besserte nun noch etwas nach. Nicht nur aus Solidarität zu ihrer Freundin. Sondern auch, um noch etwas Zeit zu schinden vor der düsteren Show auf den Flachdächern Rocinhas.

Ganz so selbstsicher und cool war sie nämlich nicht, was die Party anging. Die Anlässe für das Fest waren heikel. Die Gäste würden es auf jeden Fall auch sein. Sie galten weder als besonders friedfertig noch waren sie gerne nüchtern. Zudem kriselte es bei den Rocinha Ghosts. Einige Members waren sich nicht grün untereinander. Es gab Gerangel um die Rangfolge. Man munkelte, dass es auch eine Führungskrise gab und der Boss Triple-Ice die Sache nicht mehr so ganz im Griff hatte. Womöglich würde es Streit geben! Selbst wenn keine gegnerische Gang auftauchen würde, gäbe es genug Risiken für Konflikte. Es würde wie der Tanz auf einer Bühne voller brennender Fackeln und Molotov-Cocktails sein. Giovanna kannte die Jungs besser als Angelina. Sie hatte Kontakt zu ihnen und bekam vieles über deren Freundinnen mit. Viele von den Mädels arbeiteten im selben Freiluft-Gewerbe wie Giovanna. Was sie manchmal erzählten, war äußerst erschreckend.

Aber von einem gefährlichen Abgrund erzählt zu bekommen und selbst in ihn hinabzuschauen, waren zwei Paar Stiefel! Trotz aller Aufregung freute sich Giovanna auf das Ereignis. Es war jetzt vermutlich schon in vollem Gange: wüst und laut, abartig und ausgelassen! Auf den Flachdächern der Steinhäuser im Zentrum Rocinhas, von denen man einen Ausblick hatte zum Gipfel des Corcovado. Dort oben, wo Christus seine segnenden Arme weit ausstreckte.

Doch galt sein Segen wirklich allen Einwohnern Rio de Janeiros? Auch denen, die im Schatten lebten?

„Los jetzt!" sagte Giovanna und warf einen letzten prüfenden Blick in den alten Spiegel, der an der Wand lehnte. „Feuer frei zur Feierei!"

Angelina folgte ihr ins Freie.

6: SAU UNTER SÄUEN

Der Tisch war von einem angesehenen Party-Service wunderbar gedeckt worden. So etwas Ähnliches wie „Gedeckt werden" würde allerdings auch sie selbst heute Abend, wenn man es einmal in tierisch direkter Offenheit betrachtete. Vitória erschauderte bei der Vorstellung an die baldigen Exzesse.

Großzügig war er, das musste man Jorge Javali lassen. Er hatte sich nicht lumpen lassen. Der Lieferservice war bestimmt teuer gewesen. Während sich Vitória im Gästezimmer ausgiebig frischgemacht und sich danach ausgeruht hatte, war der obere Salon herausgeputzt worden. Er war sehr groß und bis etwa zur Brusthöhe mit gelber Holztäfelung ausgestattet. Bei feierlichen Anlässen wurde er als Esszimmer benutzt. An den hohen Wänden klebten dunkelrote Seidentapeten. Kleine silberne Leuchter, reihum an den Wänden angebracht, sowie ein beachtlicher Kronleuchter an der Decke beschienen die Szene mit einem warmen, hellen Licht.

Kein nervender Ventilator wirbelte die Luft im Raum durcheinander, obwohl es gleich vier davon gab. Sie waren an der Decke angebracht und standen still. Stattdessen sorgte die Klimaanlage durch stilvoll in die Wände eingelassene Lüftungsschlitze für eine angenehme Temperatur.

An einer der Wände war ein langer Tisch aufgestellt, der für gewöhnlich nicht dort stand. Vielleicht war er sogar etwas Behelfsmäßiges wie ein Tapeziertisch oder dergleichen, aber das fiel nicht weiter auf: Ein fast bis auf den Boden reichendes blütenreines Tischtuch aus Leinen bedeckte ihn. Allerlei Leckereien waren darauf abgestellt worden. Metallisch glänzende Warmhalteboxen verbargen saftige, rosige Steaks, Hühnerkeulen, Schweinelendchen, gebackene Kartoffeln und Buttergemüse. In einem großen Topf köchelte Feijoada. Jener köstliche Fleischeintopf, der bei keiner brasilianischen Festlichkeit fehlen durfte. Eine Platte mit gekochtem Reis war ringsum mit Orangenscheiben verziert. Aus Maniok hergestelltes Farofa wurde ebenso präsentiert wie Bacalhau. Die hintere Seite des Tisches reichte bis zur Wand. Dort waren Stapel mit Tellern, Tassen und Gläsern aufgereiht, sowie zahlreiche Flaschen und Karaffen. Diese enthielten nicht nur Wasser, Kaffee und Ananassaft. Sondern auch das aus Zuckerrohr gebrannte Feuerwasser Aguardente und verschiedene Schnäpse, lokale und importierte.

Wie ihr aufgetragen worden war, hatte Vitória das extrem kurz geschnittene, schwarzweiße Hausmädchenkostüm an. Dazu trug sie an ihren wohlgeformten schlanken Beinen die grobmaschigen weißen Strapse, die ihr so übermäßig aufreizend und nuttig vorkamen. Sie hatte dermaßen hochhackige Schuhe an, dass sie darin nur langsam und staksend laufen konnte. Sehr unpraktisch für das Servieren von Speisen und Getränken. Aber gerade deshalb wohl eine erheiternde Gaudi für die lüsternen Gast-Böcke des Herrenabends!

Beim Gehen in diesen Schuhen wackelte ihr fester, fleischiger Hintern nicht mehr nur erotisch, sondern regelrecht aufdringlich. Die Fleischmassen ihrer Pobacken wiegten bei jedem Schritt sanft und gemächlich hin und her. Der Rock des Kostüms war so kurz, dass man beim Gehen in manchen Momenten den Saum ihres weißen Slips sehen konnte. Vitória kam sich schon jetzt beschmutzt und den Männern hilflos ausgeliefert vor. Sie dachte jedoch an die tausend Real, die ihr Boss ihr für ihre Dienste versprochen hatte. Sowie an ein mögliches dickes Trinkgeld von einem oder mehreren der Herren.

Wieder kreisten auch die Sorgen um ihre Kinder in ihrem Kopf umher. Gustavol, der kleine Kriminelle, der stets mit einem Bein im Gefängnis und mit dem anderen im Grab stand. Nicolas, dessen Fußball-Talent ihm und der ganzen Familie vielleicht großes Glück bescheren konnte… Vorausgesetzt, er würde von der Regionalliga bald in einen Profi-Club aufsteigen! Angelina, die ein gutes Mädchen war, fleißig und ehrlich. Die aber in der Welt der seriösen und gutbezahlten Berufe in Rio mit dem Makel ihrer Herkunft zu kämpfen hatte. Dieser Makel des Wohnorts in einer Favela klebte hartnäckig an ihr wie Excremento.

Immer noch hatte sich ihre Tochter nicht gemeldet wegen dem Vorstellungsgespräch. Ob sie den Job als Krankenschwester wohl bekommen hatte? Es sah nicht so gut aus. Denn sie hätte wohl längst angerufen, wenn es etwas Freudvolles zu berichten gegeben hätte.

Vitória sah auf die Zeitangabe ihres Handy-Displays: 20.23 Uhr. Nicht mehr viel Spielraum, um sich für den Abend bereit zu machen. Sie verspürte das Bedürfnis, sich Mut anzutrinken vor dem Irrsinn, den diese Schweine von den Villen am Berg mit ihr vorhatten. Nicht auszudenken, was alles passieren konnte! Sie würde mit den Kerlen vielleicht ganz allein sein, falls keine Escort-Girls gebucht waren. Diese Typen besäßen genug Macht, Geld und Einfluss, um so Einiges unter den Teppich kehren zu können. Falls das nötig werden sollte.

Mit einem Mal fing ihr Herz an, schneller zu schlagen. Sie verspürte eine immer unerträglicher werdende Trockenheit im Mund. Mit raschen Schritten ging sie zu der gedeckten Tafel. Sie sah sich kurz um und griff nach einer Flasche Whiskey. Die Pulle war unversiegelt und nicht mehr ganz voll. Vitória schraubte den Verschluss auf und nahm einen tüchtigen Schluck. Dann noch einen und einen dritten. Noch während die letzten Reste des Feuerwassers ihre Kehle hinabbrannten und für ein wohliges Brennen sorgten, stellte sie die Whiskyflasche an ihren Platz zurück. Sie wollte sich mit dem Handrücken über den Mund wischen, hielt aber im letzten Augenblick inne. Um ein

Haar hätte sie so womöglich den aufgetragenen Lippenstift verschmiert.

Ihr fiel ein, dass ihre Handtasche noch im Gästezimmer lag, wo sie sich vorhin geduscht und umgezogen hatte. Darin befanden sich Kaugummis und Kräuter-Pastillen. Momentan hatte sie nichts, um den Alkoholgeruch ihres Mundes zu vertuschen.

Vermutlich war das aber auch ganz egal. Die Männer interessierte vermutlich eher ihr Körper und ihre Bereitschaft, sich ihnen hinzugeben. Nicht ihr wacher und reger Geist, nicht ihr Zustand von Nüchternheit oder Trunkenheit.

Wichtig war nur, dass sie keinesfalls die Kontrolle über sich verlieren durfte! Obwohl sie Jorge Javali schon seit einem Jahr kannte und ihr bisher nichts über die Maßen Beunruhigendes an ihm aufgefallen war, bedeutete das nicht, dass er ein harmloser Mensch war.

Sie lauschte. War da ein Auto vorgefahren? Aufgeregt stakste sie in dem großen Raum umher. Sie versuchte, noch etwas Gehen zu üben in diesen pervers hohen Schuhen, die sie tragen musste. Kritisch legte sie beide Hände an ihren Hintern. Er fühlte sich straff an, trotz ihrer knapp über dreißig Lebensjahre. Sie hatte sich gut gehalten bisher, obwohl sie bereits dreifache Mutter war.

Vitória versank in Gedanken an ihre Familie. Grüblerisch dachte sie an die finanziellen Möglichkeiten, die sich ihr noch bieten mochten. Deshalb bemerkte sie nicht, dass sich Schritte näherten.

Sie erschrak, als die doppelte Flügeltür beidseitig aufgerissen wurde. Eine tiefe Stimme dröhnte: „Hier ist der Ort des Vergnügens, meine Herren! Und hier ist auch das heiße Vögelchen!"

Noch während Vitória um Fassung rang und ihren galoppierenden Atem zu beschwichtigen versuchte, strömten die Gäste in den Raum. Es waren sieben Männer. Sie trugen dunkle Hosen aus teurem, aber leichten Stoff. Dazu kurzärmelige schwarze oder graue Hemden. Einer trug ein dunkelrotes. Wolken von dezentem Herrenparfüm wallten durch den Raum.

Da war noch etwas Anderes… Ein seltsam betörendes, fast unmerkliches Aroma. Schwer zu deuten und mehr so etwas wie eine Schwingung oder ein hormoneller Duft anstatt eines Parfüms. Waren das… Pheromone? Jene Liebestropfen, die die Ausdünstungen von Hormonen vortäuschten und als sexuelle Scharfmacher galten?

Das war unfair! Was wurde hier gespielt? Auf was für ein Sex-Abenteuer hatte sie sich eingelassen? Die Typen waren offenbar nicht nur mit allen Wassern gewaschen. Sondern sie waren auch noch mit den sündhaft teuren Mitteln der Verführungskunst gesalbt!

Ohne Umschweife ging Jorge Javali auf Vitória zu. Er trug einen bequemen, dunkelgrünen Baumwollanzug ohne Schlips. Außerdem ein aufgeknöpftes gelbgrünes Hemd und schwarze Slipper. Er stellte sich hinter sie und griff ihr an die Brüste, die aus dem Ausschnitt des engen Hausmädchen-Kostüms fast herausquollen. Sie keuchte laut auf und verzerrte das Gesicht zu einem schrägen, etwas gehetzt wirkenden Lächeln. Eingeschüchtert kam sie sich vor wie eine Gazelle am Wasserloch eines wüsten Dschungels, umringt von hungrigen Raubtieren.

„Etwas schreckhaft, meine Süße?" raunte Javali hinter ihr und rieb mit seinen großen kräftigen Händen über die feste Weichheit ihrer Busen. Sie hoben und senkten sich unter seinen massierenden Bewegungen. „Du weißt doch, was heute los ist… Erst wird gefressen und dann wird gefickt! Ohne Tabus. Wir sind die Fresser und du das Fleisch! Doch keine Sorge…" Er flüsterte jetzt beinahe und beugte sich mit seinem Kopf nahe an ihr linkes Ohr. Die anderen konnten ihn so nicht hören. Sein Atem roch nach Wein und Zigarrenrauch. „Dir wird nichts passieren! Wenn du tust, was wir dir sagen." Er ließ ihre Brüste los. Vitória stakste auf ihren hohen Schuhen zurück. Sie taumelte etwas, fing sich dann aber wieder.

Die Gäste scharten sich um den langen Tisch mit den Leckereien und begutachteten das Essen. Hin und wieder warfen sie einen Blick auf Vitória. Ihre Augen verrieten, dass der Anblick der hübschen Kellnerin ihre Vorfreude auf den abendlichen Genuss beträchtlich steigerte.

Plötzlich erklang klassische Musik in dem Raum, erzeugt von wohlklingenden, dezent oben in den vier Ecken angebrachten Lautsprechern. Jorge Javali stand an einem kleinen hohen Pult. Es verbarg hinter verdunkelten Glastüren die Stereoanlage. Er tippte an irgendwelchen Knöpfen herum und drosselte die Lautstärke. Die Musik wurde zu einem unterschwelligen, leisen Klangteppich.

Javali klatschte in die Hände und grinste breit in die Runde: „Bitte setzen, meine Herren!" rief er beschwingt. „Meine geschätzte Vitória wird nun ihres Amtes walten und uns allen den ersten Gang servieren!"

Gut gelaunt schwatzend setzten sich die Männer an die stilvoll gedeckte Tafel. Am Kopf des Tisches ließen sie den Platz frei für ihren Gastgeber. Jorge Javali nahm seinen Platz ein. Langsam und würdevoll setzte er sich, während Vitória zwischen dem langen Beistelltisch und der Tafel hin- und her trippelte. Ihre dünnen, hohen Absätze knallten auf dem blankgewienerten Marmorboden.

Sie stellte Gläser und Teller auf den Tisch und goss den Gästen Wasser ein. Manche wünschten sofort Wein oder Schnaps. Andere gingen die Sache vorsichtiger an und blieben erst mal nüchtern. Auf kurzen Befehl von Javali hin servierte Vitória als ersten Gang den Feijoada.

Als alle aßen, teilweise mit überraschend schlechten Tischmanieren, wartete Vitória ab. Sie stand unschlüssig neben dem Beistelltisch und besah sich die Schüsseln und Warmhalteboxen. Ratlos fragte sie sich, ob sie für den zweiten Gang wohl alles auf einmal auftragen sollte. Mit dem Kellnern hatte sie nur wenig Erfahrung. Nun ja, der Boss würde es ihr schon sagen.

„Komm her!" rief Jorge Javali mit vollem Mund und winkte ihr zu. Er kaute an seinem Fleischeintopf. Seine Backen bewegten sich wie bei einem zu groß geratenen

Hamster.

Vitória ging mit wogendem Hintern auf ihn zu. Sie war mühsam darauf bedacht, ja nicht hinzufallen mit ihren unbequemen Schuhen. Javali schluckte seinen Bissen hinunter.

„Aguardente!" sagte er begierig. „Gieß mir davon ein!" Er streckte ihr sein kunstvoll geschliffenes Kristallglas entgegen. Behutsam hob sie die Karaffe mit dem Zuckerrohrschnaps und füllte ihm das Glas bis zur Hälfte voll.

Javali hieb ihr mit der flachen Hand auf den Hintern. Es klatschte dumpf. Der dünne Stoff ihres nuttigen Hausmädchen-Kostüms raschelte. Etwas von dem Schnaps floss auf das Tischtuch. Vitória versteifte sich. Schweiß stand ihr auf der Stirn.

„Den anderen auch!" Jorge Javali wedelte mit beiden Händen, als wolle er sie davonscheuchen. „Komm schon, mach hin, meine Süße! Wir wollen anstoßen!"

Vitória ging mit der Karaffe um den Tisch herum und goss jedem der Herren Aguardente in sein Glas. Als schließlich alle versorgt waren, hob Javali sein Glas zum Trinkspruch: „Auf die Beute des Lebens!" verkündete er feierlich. „Auf gute Geschäfte und ein prächtiges Gedeihen unserer Stadt und unseres Landes! Auf Riqueza für uns alle! Reichtum und Wohlstand bis ans Ende unserer Tage und darüber hinaus! Goldene Särge für uns, prachtvolle Schlösser für unsere Enkel!"

Lachend und mit wissenden, amüsierten Blicken hoben alle Männer ihre Gläser. Sie prosteten sich zu und tranken.

Jorge Javali griff Vitória beim Trinken an den Rock und hob ihn neugierig hoch. Er stellte genüsslich prustend das Glas ab und versuchte, ihr den Rock bis hoch über die Hüfte zu ziehen. Unruhig und langsam in Fahrt kommend, nestelte er an ihrem dünnen roten Ledergürtel herum, der das Kostüm um ihre Taille beengte. Irgendwie schaffte er es, den Rocksaum hinter dem Gürtel festzuzurren. Nun lagen ihre langen, bestrapsten Schenkel und ihr Schritt mit dem weißen Höschen frei.

„Jetzt schaut euch dieses geile Luder aus Rocinha an!" dröhnte er und erntete eine kleine Lachsalve, die nach Sensationsgeilheit und aufwallender Lüsternheit klang. „Schon nicht mehr ganz die Jüngste und bereits dreifache Mutter! Aber ein Outfit, das nur eines zeigt: Allzeit bereit!" Meckerndes Lachen folgte. Ein Übereifriger polterte: „Ausziehen!"

„Nur Geduld!" wiegelte Javali etwas ab. „Wir werden unseren Spaß mit der heißen Stute schon noch haben. Der Abend ist lang!" Es folgte Beifall in Form von wohlgelauntem Knurren und Händen, die auf die Tischplatte klopften.

Vitória wollte vor Scham im Erdboden versinken. Sie kam sich schutzlos und fast nackt vor, wie sie so mit halb entblößtem Unterleib vor der geifernden Meute stand. Starr sah sie geradeaus und fixierte ein Ölgemälde an der gegenüberliegenden Wand. Es zeigte einen schwarzgefleckten Jaguar im brasilianischen Dschungel. Er fletschte die großen weißen Zähne. Seine kleinen dunklen Augen funkelten in ungezähmter Wildheit. Unter seinen krallenbewehrten Pranken lag ein erlegtes Tier.

Sie spürte Javalis Finger an ihrem Schlüpfer. Sein Mittelfinger strich über den Spalt zwischen ihren Schamlippen. Rhythmisch begann das Schwein, ihr mit dem Finger den Spalt zu reiben.

„Meine ich es nur, oder ist es wirklich so, dass du bereits feucht geworden bist, meine Süße?" fragte er in beinahe unschuldigem, erstauntem Tonfall. Vitória schwieg.

Dann schrie sie auf. Sie fühlte, wie ihr der Slip herabgezogen wurde. Sogleich fingerte jemand an ihrem Arschloch herum. Die Muskeln ihres Anus und die feinen Härchen darauf zitterten wie elektrisiert. Unbarmherzig drang ein spitzer, wüster Finger hinein.

Es war der Kerl, der zur Rechten Javalis saß. Vielmehr gesessen hatte! Jetzt stand er hinter Vitória und machte sich an ihrem fast nackten Hintern zu schaffen. Der weiße Slip hing straff unterhalb ihrer Arschbacken.

„Jede Wette: Sie ist noch eine braune Jungfrau!" behauptete der dreiste Typ mit einem fettigen Grinsen. Fettig waren auch seine Finger, mit denen er sie betatschte. Fettig vom Feijoada, den er mit säuisch schlechten Manieren gegessen hatte. „Diese Stute hatte bisher noch nie einen Hengst, der es ihr von hinten besorgt hat! Ihr Arschloch ist eng! Es verkrampft und ziert sich ängstlich!" Sein Kichern klang hämisch und schauderhaft.

„Sie soll uns erst das Essen servieren!" sagte ein anderer. „Sonst kommt sie nachher vor lauter Ficken nicht mehr dazu, und wir verhungern!" Er war sehr dick. Sein Hemd spannte sich um seinen massigen Brustkorb. Schwere Brustansätze zeigten, dass sein Körper vor allem aus Fett bestand. Unter seiner klobigen Nase prangte ein kleiner krauser Schnauzbart, an dem Essensreste klebten.

„Das wird sie!" bestätigte Javali und strich Vitória über die gepuderte Wange. „Und dann wird sie uns ihre nackte Fotze präsentieren, während wir essen!" Daraufhin nickte der Dicke zufrieden.

Vitória glaubte nicht richtig zu hören. Eigentlich hätte sie aber kaum überrascht sein dürfen über die freche Ankündigung der Darbietung, die von ihr erwartet wurde. Seufzend fügte sie sich ihrem Schicksal. Sie tröstete sich mit dem Gedanken an das Geld, das sie erhalten würde.

Der Reihe nach servierte sie erst das Fleisch, das Gemüse und dann den Reis. Immer wieder stöckelte sie hin und her, um Getränke zur Tafel zu tragen und den Gästen nachzufüllen. Schamlos geworden und all ihrer Hemmungen beraubt, griffen die Männer nach ihren Schenkeln, den Brüsten oder ihrem Po, wann immer sie sie in ihrer Nähe gewahrten. Ein besonders Unverschämter riss ihr mit groben Händen den Slip entzwei, während sie ihm Kartoffeln auf den Teller häufte. Er packte ihre straffen, seidigen Pobacken und spreizte sie grob auseinander. Interessiert bückte er sich, um ihr Arschloch zu betrachten. „Du riechst gut, auch untenrum!" lobte er sie frohlockend. Nervös bewegte er unter dem Tisch seine Beine hin und her. Er wusste, dass sie ihn bald befriedigen würde, wie immer er es auch haben wollte. Dazu war sie hier. Dafür wurde sie bezahlt.

Als das ganze Essen serviert worden war, wurde es ernst. Jorge Javali wies seine Bedienstete an, sich als Subjekt der Begierde inmitten der Leckereien zur Schau zu stellen. „Leg dich auf den Tisch!" herrschte er und stemmte die Hände in die Hüften. „Spreiz die Beine! Zeig deinen Schlitz! Spreiz auch ihn, soweit es geht! Kehre dein Innerstes nach außen! Mach uns scharf für das Kommende! Zeig uns deine Kostbarkeiten!"

Vitória fühlte sich wie in einem äußerst bizarren, dekadenten Film. Sie sah sich selbst dabei zu, wie sie den Tisch erklomm, langsam und wie in Zeitlupe. Das war wegen der hohen, spitzen Schuhe gar nicht so einfach. Die vielen Schüsseln, Teller und Gläser machten es ihr schwer, sich auf der Tischplatte Platz zu verschaffen. Sie schob Geschirr beiseite und bemühte sich um weitgehende Geräuschlosigkeit. Es war aber nicht zu vermeiden, dass ein paar Gläser vom Tisch fielen.

Endlich hatte sie es geschafft und die Position eingenommen, die von ihr verlangt wurde. Sie lag jetzt rücklings am Ende der Tischplatte. Ihre langen Beine mit den weißen Strapsen klafften weit auseinander. Der Rock des Hausmädchen-Kostüms war ihr bis zum Bauch hochgerutscht. Ihres Schlüpfers entledigt, war ihr blankes Geschlecht den Männerblicken ausgeliefert. Frisch rasiert und rosig glänzte es im Licht des Kronleuchters.

„Was für ein Anblick!" hauchte einer der Kerle und biss zugleich von einer Hühnerkeule ab. Fleischfetzen hingen ihm aus dem Mund, als er mampfte: „Einfasch einmalig! Schon viele Fotschen hab isch geschehen! Aber keine scho schmal, hübsch raschiert und gepflegt! Wie eine exotische Katze!"

Die anderen pflichteten ihm nickend bei, während sie schluckten, kauten und tranken. Sie stillten ihren Hunger und nährten zugleich ihren Appetit auf die Sex-Spiele, die auf sie warteten.

Vitória lag da und versuchte, sich zu entspannen. Sie sah zur Decke, die mit demselben Holz getäfelt war wie der untere Teil der Wände. Glitzernd und funkelnd hing der Kronleuchter herab und beleuchtete alles auf eine beschauliche Weise. Nervös nagte sie mit den Zähnen an ihrer Unterlippe. Würden diese Kerle sie einzeln nacheinander bespringen… oder sich gar alle auf einmal auf sie stürzen? Wie ein Rudel Raubtiere auf ein Beutetier? Ihre Scheide, die sie erst am Nachmittag von jeder Behaarung befreit hatte, kam ihr auf bedauernswerte Weise viel zu nackt vor. Beinahe war ihr, als würde sie da unten frieren, obwohl der Raum sehr angenehm temperiert war. Die kurzrasierten Haaransätze kitzelten. Auf ihren empfindlichen Schamlippen fröstelte sie, als hätte sie dort eine Gänsehaut bekommen.

„Spiel mit deiner frischgewaschenen, kahlen Fotze!" befahl Jorge Javali heiter. Er nippte an seinem Drink und schwenkte dann gelassen das Glas hin und her. Die hellbraune Flüssigkeit schwappte darin bis hoch zum gläsernen Rand. Kein Tropfen aber wurde dabei verschüttet.

„Fingere dich doch!" bemerkte ein Gast.

„Reib an deinem Ding, um es in Stimmung zu bringen!" empfahl ein anderer mit heiserer Reibeisenstimme.

Langsam und zögernd begann Vitória, mit kreisenden Bewegungen ihre Scheide zu stimulieren. Sie schloss die Augen und stellte sich vor, zuhause alleine auf ihrer Matratze zu liegen. Das würde sie auch hoffentlich bald, um tausend oder mehr Real reicher!

Tatsächlich spürte sie nach wenigen Minuten ihren Kitzler anschwellen. Auch ihre Schamlippen schienen etwas härter und dicker zu werden. Sie fröstelte nun nicht mehr. Eine sanfte, innere Wärme begann, ihren Unterleib einzulullen. Wieder roch sie diese verfluchten Pheromone! War das alles nur Einbildung? Wenn nicht, wo hatten diese reichen Teufelskerle das Zeug her? Wirkte der Mist wirklich stimulierend? Wie weit würden sie ihren Geist damit verwirren? Würde sie sich heute überhaupt noch einigermaßen unter Kontrolle halten können? War das Ganze nicht alles schon längst zu weit getrieben worden?

In ihrem ganzen Leben hatte Vitória nie auch nur annähernd eine solche bodenlose Schweinerei miterlebt. Das alles kam ihr immer mehr wie ein schemenhafter Fiebertraum vor. Ein Traum, von dem sie noch nicht wusste, ob er sich als schlimmer Alptraum entpuppen würde. Oder gar als etwas ganz anderes? Etwa als wundervolle und noch nie erlebte Perversion?

Ihre Scheide war nun kräftig angeschwollen. Der nackte Schamhügel fühlte sich heiß und etwas feucht an. Sie hob den Kopf. Ihr Blick wirkte verstört und verunsichert. Das Haar hing ihr über die Stirn. Die war jetzt nass vor Schweiß, trotz der kühlenden Klimaanlage im Raum.

Die Männerrunde verfolgte jede ihrer Bewegungen in einstimmigem Begehren. Fast alle hatten mit dem Essen aufgehört. Nur der Dicke kaute noch auf irgendetwas herum, ohne allerdings den Blick von ihr zu lassen.

Ich bin eine Sau unter Säuen! fuhr es Vitória durch den Kopf. Nicht auszudenken, wenn mich die Nachbarn so sehen würden! Oder gar Angelina! Bei den Gedanken spürte sie ihr Gesicht heiß werden. Sie errötete kräftig, machte jedoch keine Anstalten, mit der Selbstmassage aufzuhören.

Eindeutig ertastete sie nun mehr als nur einen Schimmer Feuchtigkeit unter ihren Fingerkuppen. Bald schon glitt ihre zarte, schmale Hand in öliger Geschmeidigkeit über ihre Scham.

Was hatten sie aus ihr gemacht, diese verdammten Schweine? Vielmehr: Was hatte sie selbst aus sich gemacht? Nichts weiter als eine willige, gut bezahlte Hure, das musste sie sich eingestehen. Niemals hätte sie geglaubt, dass sie sich einmal halbnackt und dermaßen schamlos auf einem Tisch voller Fressalien liegend räkeln würde. Nur um einer wüsten Runde von übersättigten, aufgegeilten Männern zu gefallen!

Sie wusste später nicht mehr, wer zuerst nach ihr gegriffen hatte, als sie so dalag, die rechte Hand an ihrer Scheide reibend. In die Erinnerungen an diesen Abend, die sie nie mehr loslassen würden, vermischten sich Gefühle der Angst und Anspannung mit denen einer ausgelassenen und fast boshaften Freude und Gier. Eine Gier, die sicherlich befeuert wurde von der Sehnsucht nach einigen schön bedruckten Real-Scheinen. Die aber auch auf eine sehr unheimliche Weise ein tiefverwurzelter, oft verleugneter Bestandteil ihrer eigenen Seele zu sein schien.

Männer standen auf und beugten sich über den Tisch zu ihr. Geschirr klirrte, ein Glas zerbarst irgendwo. Eines der Mannviecher grapschte mit verschwitzten Händen nach ihr. Ein schlabbernder Mund grub sich in ihren Schritt. Eine nasse Zunge suchte erschreckend zielstrebig und treffsicher die Tiefe zwischen ihren Schamlippen. Große Hände streichelten merkwürdig zärtlich ihren sich windenden Hintern. Sie wurde auf dem Tisch herumgewälzt. Noch mehr von den Tellern und Tabletts fielen auf den Boden. Unter ihrer nackten Haut fühlte sie das zerknautschte Tischtuch aus Leinen. Eine Flasche fiel um, oder war es ein Glas? Irgendeine Flüssigkeit ergoss sich über ihren linken Unterschenkel. Sie sah überhaupt nichts, denn sie hatte ihre Augen zu gemacht. Fest entschlossen nahm sie sich vor, sie erst wieder zu öffnen, wenn das Treiben vorbei sein würde. Zugleich wusste sie natürlich, dass sie diesen Beschluss nicht lange würde durchhalten können. Zu viele geifernde Böcke waren anwesend, die ihr Recht auf eine umfassende Befriedigung forderten. Zu verkommen und zu anspruchsvoll würde diese Mehrfach-Bespringung werden, als dass sie sie teilnahmslos und blind über sich ergehen lassen konnte.

Ein einziger Mann mochte sich möglicherweise überaus tollpatschig und dusselig anstellen. Zumal wenn noch Aufregung und sexuelle Erregung hinzukamen. Diese hier aber waren zu acht, wenn man den Gastgeber dazurechnete. Mit ihren sechzehn Händen war es ihnen ein Leichtes, die Frau wie einen Sex-Spielball auf dem Tisch umher zu wälzen und auszuziehen. Schon hatten die ersten ihre Hosen ausgezogen. Ihre steifen, rötlich geschwollenen Schwänze federten vor ihnen umher. Aufgedunsene, haarige Eier quollen aus herabgezogenen Designer-Unterhosen. Der eine oder andere fing an, sich seinen Riemen in grimmiger Raserei zu melken, ganz außer sich beim Anblick der hübschen bedrängten Kellnerin.

Klirrend fiel weiteres Geschirr vom Tisch. Das Tischtuch schlug hohe Wellen beim erbarmungslosen Ansturm der geilen Bockherde. Alle standen und krochen sie nun auf dem Tisch herum. Eine Mischung aus Soße, Essensresten und Schnaps begann, einen schmierigen rutschigen Belag zu bilden. Eine volle Flasche Aguardente wurde herumgereicht. Der Zuckerrohrschnaps war der feurige Treibstoff für die ungezügelten Sünden, die an diesem ganz besonderen „Herrenabend" begangen wurden.

Ein halbes Dutzend Männerhände befühlten Vitórias nackte Brüste und liebkosten sie. Dicke Lippen begannen, genüsslich an ihren Nippeln zu saugen. Diese waren längst steif geworden von der Kühle der Klimatisierung... oder aus einem anderen

Grund. Irgendein Perverser fing an, ihr den Schweiß von den Achselhöhlen zu lecken.

„Lutsch jetzt die Schwänze!" wies eine raue, tiefe Stimme sie an. Es war die ihres Bosses. Vitória öffnete zaghaft die Augen, die sie minutenlang geschlossen hatte. Ein milchiger, heller Schleier empfing sie. Das Licht blendete sie.

Ihre Brüste, ihre Scheide und einige andere Körperstellen wurden von Händen berührt und umgarnt. Sie sah die viele Arbeit, die auf sie wartete.

Vor ihr standen zwei Kerle mit aufgestellten Fleischbolzen. Sie reckten sie wackelnd und schwankend vor ihrem Gesicht umher. Hinter ihnen stand wohl Jorge Javali. Er war nicht zu sehen, gab aber weiter unbeirrt seine Anweisungen aus dem Off: „Saug die Dinger leer, meine Süße! So wie die aussehen, sind sie schon seit Wochen nicht mehr anständig gemolken worden!"

Vitória ergriff ohne zu zögern gleichzeitig beide Schwänze. Einen in jeder Hand, umschloss sie sie an ihren Wurzeln und drückte kräftig darauf. Einer der beiden Männer ächzte angespannt. Der andere atmete rasselnd und stöhnte. Wie ein Esel, der mit einigen Zentnern Gewicht auf dem Rücken vor einem Berg steht und weiß, dass ihm jetzt einiges an Energie abgefordert werden wird!

Und Vitória lutschte.

Sie hatte nichts verlernt, obwohl es schon einige Zeit her war, dass sie einen Mann auf diese Weise befriedigt hatte. Abwechselnd saugte sie an dem einen Riemen, während sie den anderen mit der Hand wichste. Die Typen stöhnten und jaulten im Duett. Sie vergaß nicht, den Akt mit etwas Abwechslung zu würzen. So verrenkte sie hin und wieder ihren Kopf nach unten und suchte mit ihrer Zunge nach einer der baumelnden Eierglocken. Kaum erwischte sie eine, so ließ sie diese nicht mehr aus ihren Fängen. Kraftvoll und vorsichtig zugleich küsste und saugte sie die Hoden. Das eine oder andere Schamhaar, das sich in ihrem Mund verfing, fischte sie schnell und geschickt daraus hervor.

„Sie ist… so verdammt gut!" stieß einer der beiden Beglückten hervor. Er stand mit schwankenden Beinen auf dem Tisch, unbeherrscht vor Geilheit und Erregung.

Erschwert wurde das Spiel jetzt dadurch, dass einer der Männer ihren Unterleib liebkoste. Er wollte ihn für eine schamlose Begehung bereit machen. Erst war ein behutsames und immer wilder werdendes Fingern und Stochern zu spüren. Dann fing eine sabbernde Zunge an, ihr den Arsch zu lecken, der sich im Takt ihres Lutschens bewegte. Bald schon waren ihre Pobacken nass vom Speichel.

„Ihr… ihr Schweine!" flüsterte Vitória in einem kurzen Moment, als sie keinen der beiden Schwänze im Mund hatte.

„Du hast recht, das sind wir wohl", gab der Dicke zu. Er war derjenige, der ihr den Hintern leckte, ausgiebig und in hingabevoller Gründlichkeit. Sein kleiner krauser Schnauzbart kratzte auf ihrem Po umher. Ihr zartes, zusammengekniffenes Arschloch wurde umspült vom Drängen seiner Feinschmeckerzunge.

„Schluss jetzt mit dem Geschlabber! Jetzt wird richtig gebockt!" ordnete Jorge

Javali an. Vitória sah ihn, als sie zwischen den beiden Geblasenen hindurchblickte. Javali hatte sich völlig nackt ausgezogen. Braungebrannt, hochgewachsen und kräftig stand er inmitten des Tisches, auf dem sich ein schmutziges Chaos ausbreitete. Unverkennbar war sein halbharter krummer Schwanz, der wie eine überreife Banane von seinem Leib abstand. Groß, obszön und an der Eichel glänzend von den ersten Spuren seines Spermas.

Bis auf die weißen grobmaschigen Strapse und die Stöckelschuhe ließen sie Vitória kein einziges Kleidungsstück. Alles wurde von ihr gerissen und zu Boden geworfen. Dort, auf dem bisher blitzblank sauberen, orangefarbenen Marmor, lag schon eine Unmenge Essen und Geschirr herum. Letzteres war überwiegend heil geblieben, denn es war aus dickem, hochwertigem Bleikristall und Porzellan gefertigt. Nur wenige Scherben bedeckten die Fliesen. Überall jedoch kullerten Schnapsflaschen, Wasserkaraffen und bunte Gläser umher.

„Wir ficken dich!" versprach ein dünner, etwas hündisch aussehender Endvierziger. Er trug einen blondem Vollbart und hatte lange Haare, die hinten zum Pferdeschwanz gebunden waren. „Wir ficken dich, wie du noch nie gefickt worden bist!"

„Woher willst du wissen, wie sie bisher gefickt worden ist?" wandte Javali ein und knetete sich das anschwellende Gehänge. „Immerhin kommt sie aus einer Favela! Von dort her, wo das Ficken förmlich in der Luft liegt! Wo die Kinder bereits vor ihrer Einschulung ihren Eltern beim Bocken zuhören müssen! Weil sie auf engstem Raum zusammen hausen wie die Karnickel im Stall!"

Arschloch! dachte Angelina. Arrogantes, unverschämtes Arschloch ohne jede Spur von Verständnis und Anstand! Wieder einmal wurde ihr trotz der hitzigen Situation, mit der sie sich abgefunden hatte, klar, dass sie nichts weiter für diese Typen war als ein willkommenes Stück Fleisch. Ein leckerer Happen am Wegesrand, der jetzt verputzt werden musste, solange der Abend noch jung war. Vielleicht – und wahrscheinlich sogar – warteten zuhause schon ihre Ehefrauen auf sie. Nichts ahnend, welchem Vergnügen sich ihre Männer in diesem Augenblick hingaben.

Dann ging alles ganz schnell. Ihr Hintern wurde von mehreren Händen hochgehoben. Eine heißgeschwollene, große Eichel drückte sich gegen ihre geschlossenen Schamlippen und versuchte sich energisch Zutritt zu verschaffen.

Vitória quiekte erschrocken. Mit einem solchen unverhofften und gewaltigen Ansturm hatte sie nicht gerechnet. Ihr Quieken ging über in ein zunächst schmerzerfülltes und dann erleichtertes und langgezogenes Stöhnen. Jorge Javalis langer, harter Schwanz fuhr in sie hinein. Ihre sehnigen Scheidenwände waren aufs Äußerste angespannt. Zum Glück waren sie reichlich benetzt vom Scheidensekt ihrer Spalte. Dieser schmierte und erleichterte den Zugang. Die Schmerzen hielten sich in Grenzen. Der kräftige und wachsharte Mannskolben drang tief in sie hinein. Dabei bemerkte sie, dass seine krumme Form nicht sonderlich störte. Ihre Scheide nahm den

Eindringling, den sie zunächst so zögernd und zaudernd empfangen hatte, schließlich ganz und gar in sich auf.

Kaum hatte es von ihr Besitz ergriffen, fing das krumme Ding an, in ihrem feuchten Fleisch umher zu stolzieren. Wie ein frischgebackener Hausherr, der seine Neuerwerbung ausgiebig erkundet.

Die anderen waren nicht faul und forderten von Vitória ihr Recht auf Befriedigung. Sie wurde von Javali völlig in Beschlag genommen. Ihr Körper schwappte unter seinen irren Bockstößen umher wie eine Sturmwelle aus Fleisch. Dennoch verstand sie es, gleichzeitig auch noch die anderen zu bedienen. Sie lutschte ausdauernd und in rücksichtsvoller Zärtlichkeit alle Schwänze, die sich ihr boten. Sie wichste Riemen und streichelte Hodensäcke, wo sie sie greifen konnte. Dazu ließ sie sich bereitwillig befummeln und fühlte tropfende Penisse an ihrer zarten, schweißfeuchten Haut reiben.

Javali hämmerte seinen rotierenden Schwengel in ihr geweitetes Vorderloch. Sein erhitztes, in Fahrt gekommenes Geschlechtsteil wollte mehr... und es bekam mehr! Viele Frauen hatte er bereits beritten. Abgesehen von unzähligen Huren natürlich auch seine Ehefrau. Niemals zuvor aber hatte er einer Frau dermaßen unanständig und schmutzig beigewohnt, wie er es im Augenblick tat.

Er wechselte die Stellung und legte sich unter Vitória. Dies tat er in erster Linie aus Respekt vor seinen Gästen. Denn auch sie sollten zum Zuge kommen! Kaum lag er unter der schwitzenden Kellnerin und hatte seinen Kolben in ihr enges Loch eingefädelt, wies er die Männer an, sich ihres Hinterns zu bedienen.

Nach wenigen Sekunden schon wollte Vitória in ihren Bewegungen erstarren. Sie hatte sich schon an den Bock-Rhythmus der neuen Stellung gewöhnt, als plötzlich ein erschreckend harter Bolzen aus Fleisch ihre Arschbacken weitete. Sehr langsam aber unbeirrt glitt der Störenfried tiefer. In unheiliger, gottloser Neugierde entfernte er sich vom Licht und suchte die tiefe braune Dunkelheit ihres Enddarmes.

Die Erkundung dieser engen Höhle des weiblichen Anus war alles andere als einfach. Denn weiterhin klatschte das stoßende Becken des Gastgebers von unten gegen den Leib der Frau. Sie war fast vollständig in Anspruch genommen vom Stoßgewitter des Fotzenfickers. Dadurch war es ihr so gut wie unmöglich, dem Eindringen des Schwanzes in ihren Arsch entgegenzukommen und ihm zuzuarbeiten. Das hätte sie gerne getan. Denn einerseits war die Begehung ihres Gesäßlochs an diesem schicksalsträchtigen Abend ohnehin unvermeidlich, wenn sie alle acht Männer zeitnah zufriedenstellen wollte. Andererseits verspürte sie nicht die geringste Lust auf unnötige Schmerzen und wollte diese vermeiden, wo immer es ging. So jedoch musste sie es dem Begatter überlassen, ohne ihre Hilfe von hinten in ihren Po einzudringen, während Jorge Javali sie von unten in die Scheide stieß.

Es dauerte einige schmerzerfüllte Momente, bis der unerhört dicke Eindringling ganz in der Darmhöhle verschwunden war. Dort verharrte er, als müsste er sich nach der anstrengenden Darmwanderung etwas ausruhen. Oder als wäre er unschlüssig, was weiter zu tun sei. Dann aber brach ein Inferno los: Mit gnadenloser Härte und in Höchstgeschwindigkeit kolbte der steife Schwanz in Vitórias Arsch umher. Ihr Enddarm vibrierte unter dem Ansturm der wüsten Begattungsstöße des Mannschweines.

Sie wusste nicht, wer aus der Männerrunde sie da von hinten in den Arsch fickte. Aber er machte seine Sache gut! Entweder wurde er angefeuert durch Hilfsmittel wie Pillen oder ein „Zauberpulver". Oder er war einfach ein Naturtalent, was ausdauerndes Rammeln anging. Der Kerl hörte gar nicht mehr auf, sie kraftvoll und unbeirrt in den Hintern zu begatten. Während Javali ihren Vordereingang benutzte.

Die beiden Schwänze fanden dabei einen erstaunlich harmonischen Rhythmus. Ihr Bocken war zwar ungestüm und erschien überaus wild und viehhaft. Doch es ließ dem jeweils anderen genug Raum zur Entfaltung. Schmatzend und heiß geschwollen suhlten sie sich in ihren Löchern, dem roten wie dem braunen. Hin und wieder wurde ein Schwanz herausgezogen, um wenige Sekunden später wieder eingeführt zu werden. Vitória spürte ein betäubendes, pelziges Gefühl um ihre Scheide und ihren Anus herum. Ihr ganzer Unterleib schien nunmehr in einen völlig anderen Zustand katapultiert worden zu sein. Er war feucht und erhitzt wie eine Sauna unter Volldampf.

Spät erst ertappte Vitória die Männer bei dem, was sie mit ihren Schwänzen anstellten. Immer dann, wenn einer sein Glied aus der Scheide oder dem Arschloch herauszog, ließ er sich rasch ein kleines goldenes Puderdöschen geben. Dort tauchte er zwei Finger hinein und zog sie weiß bestäubt wieder hervor. Munter wurde der vom Bocken noch ganz errötete und zuckende Schwengel mit dem Pulver eingerieben, vor allem vorne an der Eichel.

Sie bumsen mich mit Koks, das sie auf ihre Schwänze schmieren! dachte Vitória und keuchte unter dem rammelnden Duett der beiden Ficker. Sie tupfen es auf ihre Eichel. Darum wird bei mir alles so taub da unten! Aber sie musste sich eingestehen, dass das Gefühl sich gar nicht so schlecht anfühlte.

Die Männer handhabten das Kokain mit einer Selbstverständlichkeit, als würde es sich lediglich um erfrischenden Traubenzucker handeln. Sie walkten ihre Eicheln damit ein, bis sie ganz weiß wurden wie in Mehl gewälzte Teigrollen. Dann sogen sie die Reste des teuren Fickpuders in ihre Nasen. In fiebriger Hast, mit hochroten Köpfen und Schaum vor dem Mund, machten sie sich weiter über Vitória her. Ihre Scheide, ihr Anus und ihr Mund wurden benutzt wie ein Güterbahnhof während der heißen Phase eines Wirtschaftsaufschwungs. Der ganze Tisch wackelte und ächzte unter dem Treiben der acht Rammler. Obwohl er aus sehr massivem Holz geschreinert worden war.

Die ersten beiden Strolche erreichten ihren Höhepunkt. Mit fratzenhaft verzerrten Mienen sahen sie die hochgekochte Sacksuppe aus ihren Schwänzen schießen. Diese wirkten vor Erregung ganz entstellt. Wie etwas Frisches, Rohes aus der Metzgerei.

Sperma ergoss sich über Vitórias Rücken, Brüste und Schenkel.

Auch der Dicke mit dem Schnauzbart war jetzt so weit. Mit einem merkwürdig abgehackt klingenden Stöhnen kam es ihm. Das, was bis vor wenigen Sekunden der Inhalt seiner pumpenden Eier gewesen war, landete jetzt zähflüssig und klebrig in Vitórias errötetem Gesicht.

„Aus dem Weg!" dröhnte Jorge Javali. Er hatte seinen krummen Schwanz aus der glitschigen Scheide gezogen und molk ihn jetzt höchstpersönlich. Unverfroren grinsend ließ er seine große behaarte Männerhand über die Haut seines Gliedes vor- und zurückschnellen. Die Eichel war weißgepudert. An den Stellen, wo das Koks sich verkrümelt hatte oder weggeschwitzt war, schimmerte das blanke Rotviolett seiner pfirsichgroßen Eichel hindurch.

„Trink es!" befahl Javali. Er musterte Vitória mit strengem Raubvogelblick. Sie sah ihn zwischen wirren Haarsträhnen hindurch ergeben an. Sofort wandte sie sich von den beiden Böcken ab, deren Picas sie abwechselnd gelutscht hatte, und öffnete weit ihren Mund. Javali stapfte mit wankenden Schritten auf sie zu, bis er dicht vor ihr stand.

Von einem markerschütternden Urschrei begleitet, quollen etliche Spritzer Sperma aus dem pulsierenden Schwanz. Sie benetzten Vitórias Zunge und Lippen. Als nur noch einige klägliche Tropfen aus Javalis Glied sickerten, schluckte sie das Sperma hinunter. Sie leckte sich über die Lippen und suchte nach den letzten Resten der Flüssigkeit, um sie sogleich denselben Weg hinterherzuschicken.

„So ist es gut!" lobte Jorge Javali sie und strich ihr übers schweißnasse Haar. „Das hast du gut gemacht. Ich bin zufrieden mit dir!" Er tätschelte ihr die schmale, nackte Schulter. Dann sprang er ächzend vom Tisch. Nicht ohne zuvor nach umherliegenden Glasscherben Ausschau gehalten zu haben.

Am Ende blieben noch drei Männer übrig, die es abzumelken galt. Während Vitória von einem der drei von hinten in ihre Pussy gefickt wurde, bemühte sie sich, die anderen beiden oral zu bedienen. Allmählich tat ihr der Kiefer weh. Sie lutschte mal den einen, mal den anderen Schwanz. Dabei wichste sie den jeweils Ungelutschten, um ihn in Stimmung zu halten.

Wie in Trance war sie in ihr Blaskonzert vertieft und spürte die kokaintauben Stöße des nimmermüden Scheidenstoßers schon fast nicht mehr, als es passierte.

Alles war plötzlich warm, weich und fleischig nass, von der einen Sekunde auf die andere. Eine dunkelbraune Welle kam über sie und hüllte sie ein mit einem betörend starken Geruch nach gekochtem Fleisch, Zwiebeln und Chili-Schoten. Irgendein Schwein hatte den warmen Feijoada-Eintopf über ihr ausgeschüttet!

In zähen, fettigen Schlieren rann ihr der Eintopf über den Körper und bildete mit Brocken durchsetzte Pfützen auf dem Tisch. Vitória wischte sich das Zeug aus dem Gesicht. Sie erblickte den nackten Dicken mit dem Schnauzbart. Er stand auf dem Tisch, die Augen glasig, das Gesicht freudig erregt. In den Händen hielt er noch die

Metallschüssel, die den Feijoada enthalten hatte. Der Schwanz des Dicken baumelte rot und faltig an ihm herum. Er warf die Schüssel weit von sich. Scheppernd fiel sie irgendwo im Raum auf den Steinboden. Langsam sank er neben Vitória auf die Knie. Er umfasste ihren fleischbeschmierten Rücken mit dem rechten Arm.

„Schönes Weib aus der Favela", flüsterte er etwas heiser. „Du hast es mir gut besorgt! Hast es uns allen anständig gegeben, den geilen Sex aus euren Wellblechhütten! Das Gebumse war wild, dreckig und verrückt, oh ja – aber es war etwas, was mir meine Alte in dieser Form noch nie gegeben hat! Ach, du schlimmes Biest… Ich könnte dich auffressen!" Von fast schon wahnhafter Sehnsucht ergriffen, grub er sein Gesicht in die Fleischmasse, die ihren Rücken bedeckte, und begann zu essen. Er schleckte die flüssige Sauce des Feijoada auf und schnappte nach den Fleischbrocken und Zwiebelringen.

„Kannst es immer noch nicht lassen, das Schlemmen!" stellte Jorge Javali lachend fest und kratzte sich die leidgeprüften Eier. Er stand jetzt neben dem Tisch wie alle anderen auch. Noch immer waren sie nackt und gezeichnet von den Spuren der Sex-Orgie. Der Dicke antwortete nicht, sondern sabberte weiter mit seinen dicken Lippen auf der zarten Haut Vitórias herum. Er schnorchelte die Nahrungsreste in sich hinein wie ein Putzerfisch.

„Dafür", sagte Javali schmunzelnd, „hast du dir ein extra Trinkgeld verdient, meine schöne geile Vitória! Musst den Kerl an dir herumfressen lassen, nachdem er dich so eingesaut hat…" Er winkte ab und wirkte jetzt ziemlich ermattet. Suchend sah er sich um. Er fand auf dem Beistelltisch eine flache kleine Holzkiste mit Zigarren. Zufrieden nahm er sie an sich und fingerte ein Exemplar heraus. Nachdem er sich das Ding in den Mund gesteckt hatte, bot er das Kistchen auch seinen Gästen an. Alle griffen zu. Selbst der Dicke hielt jetzt inne und unterbrach seine ungezogene Schlabberei. Er streckte einen teigigen kurzen Arm aus und erhielt seinen Anteil am Rauchvergnügen. Ein silberner Zigarrenschneider machte die Runde. Mit ihm wurden die Zug-Enden der Zigarren abgeschnitten. Vitória setzte sich zögernd auf. Erstmals seit dem Beginn der abnormen Bumserei atmete sie tief durch. Die Männer ließen ein Feuerzeug herumgehen.

„Du kannst gehen, Frau!" Jorge Javali hielt das brennende Feuerzeug an die Zigarrenspitze und sog am Zug-Ende. Er paffte einige kleine Rauchwölkchen in die Luft. Sorgsam vergewisserte er sich, dass die Zigarre gut brannte, bevor er das Feuerzeug weiterreichte. „Wir sind äußerst angetan von dir! Du hast einige herausragende Talente. Zum Beispiel eine gewisse Umsichtigkeit und Sanftheit, gepaart mit schamloser Tabulosigkeit." Er paffte und blies seine Backen dick. Wie eine Dampflok stieß er eine große blaue Wolke würzigen Rauches hoch in die Luft. „Das war bestimmt nicht das letzte Mal, dass du für einen derartigen Arbeitseinsatz gebucht wurdest! Ich und meine Geschäftsfreunde werden dich bald wieder brauchen können, verlass dich drauf! Und dann gibt es noch Freunde von Freunden und

Bekannte von Freunden von Freunden…" Er hustete und sah Vitória aufmunternd über den Dunstqualm des Tabaks hinweg an.

„Ciao!" schloss er. „Morgen hast du frei. Übermorgen erwarte ich dich wie gewohnt hier im Haus."

Vitória nickte müde. „Ciao!" sagte sie leise. Beschmutzt, aber auch erleichtert, zog sie sich zurück in Richtung Gästezimmer, wo sie nur eines wollte: Duschen! Duschen! Duschen!

Und dann ab nach Hause.

7: FAVELA PARTY

Die Sonne verabschiedete sich. Sie machte sich auf zur anderen Seite des Erdballs. Im abnehmenden Licht ihrer letzten Strahlen leuchteten die Dächer Rocinhas in einem fast romantischen Orangegelb. Inmitten der unzähligen Wellblechbauten und Hütten aus Pappe und Plastikplanen standen lange Reihen von Steinhäusern. Ihr schäbiger Zement war schmutziggrau und mit längst unleserlich gewordenen Werbeplakaten beklebt. Ein Gewirr von Fernsehantennen und Wäscheleinen durchzog die Favela wie ein endloses und verworrenes Spinnennetz.

Auf etlichen der Flachdächer hockten Menschen. Auf einigen war besonders viel los. Eine Party kam langsam in Fahrt. Sie würde bald anschwellen zu einem Wirbelsturm des Wahnsinns. Es waren etwa vier rechteckige und nebeneinander gelegene, fast völlig ebene Dächer, auf denen gefeiert wurde. Feuer von mehreren Grillstellen erhellten die einsetzende Dämmerung.

Die Gäste hier blieben gerne unter sich. Sie kannten sich alle. Für Neugierige oder gar Zivilpolizisten wäre die Anwesenheit lebensgefährlich gewesen. Mit zunehmendem Alkoholpegel und dem damit einhergehenden ausufernden Imponiergehabe der Männer konnte der Aufenthalt am falschen Ort zur falschen Zeit für Fremde sehr ungesund sein. Es sei denn, sie kamen in Hundertschaften und brachten Maschinengewehre und schusssichere Westen mit. Dann allerdings wären sie mühelos und früh entdeckt worden von den Spähern, die die Bandenbosse der Rocinha Ghosts an strategischen Punkten aufzustellen pflegten. Selbst während einer großen Feier, wo es doch in erster Linie nur um Spaß und Geselligkeit ging.

Viele der gelb- und weißleuchtenden Neonröhren über den engen Gassen des Viertels brannten bereits. Es war schwül und drückend warm. Kaum ein Lufthauch regte sich. Die Geräusche der Favela verblassten angesichts des Partylärms. Über diesen würde sich hier niemand beschweren, wenn ihm sein Leben lieb war.

Wie jedes Quartal wurde die „Geisternacht" gefeiert. Das war ein Zusammentreffen der Gangmitglieder und Freunde der Rocinha Ghosts, das es schon seit Bestehen der Gang 1985 gab. Die meisten der Anwesenden hatten weiße Tücher um ihre Köpfe gebunden, die sie als Members auszeichneten. Angehörige und Freunde trugen ähnliche Tücher um den Hals oder um eines ihrer Handgelenke gewickelt, jedoch nicht auf dem Kopf. Das war nur den Gangmitgliedern vorbehalten.

Im Laufe der „Geisternacht" wurde auch die Aufnahme zweier neuer Mitglieder gefeiert. Zugleich war die Party die Freispruchfeier für Luca, den wichtigsten Mann nach dem Boss.

Schon am Nachmittag hatte das Fest begonnen, als sich die ersten Vergnügungswilligen zusammengerottet hatten. Richtigen Glanz bekam die Nacht allerdings erst, als die Befehlshaber aus den oberen Rängen auftauchten. Sie parkten ihre dicken Schlitten dort, wo sie gerade noch Platz hatten. Zwischen Mülltonnen, Autowracks und Wellblechhütten. Kein Bewohner weit und breit würde es wagen, das teure Blech auch nur zu berühren oder schief anzusehen. Nicht nur, weil überall kleine Jungs standen, die sofort Alarm schlagen würden, wenn ein allzu Neugieriger oder gar ein Autodieb sich den Wagen der Gangmitglieder näherte. Diese Jungs waren acht bis zehn Jahre alt. Sie bewunderten die Rocinha Ghosts, besonders die Bosse. Ehrfürchtig drückten sie sich die Nasen platt an den fast schwarz getönten Scheiben der Autos, die den Bösen gehörten. Dahin wollten sie es eines Tages auch schaffen, und zwar möglichst bald: Hinter das Steuer einer richtig übel fetten Karre. Gute Schuss- und Stichwaffen zur Hand, teure Armbanduhren am Handgelenk und bündelweise Geld in der Tasche. Geile, gefügige Mädchen zur Stelle, die auf Kommando bliesen oder Essen und Getränke reichten. Weil sie dafür Schmuck, edle Klamotten und einen kleinen Anteil an der Macht ihrer Boyfriends bekamen.

Die Rocinha Ghosts auf den Dächern wurden lauter und übermütiger. Mit zunehmendem Alkoholgenuss stieg ihr Drang nach Selbstdarstellung. Wer wollte schon leise und zurückhaltend sein an diesem ausschweifenden Abend? Es galt, Flagge zu zeigen und die stählerne Härte der eigenen Eier in Szene zu setzen. Aus großen Lautsprechern dröhnten die satten Bässe brasilianischer Rap-Musik; eine Gruppe aus Rocinha, die von den Ghosts gesponsert wurde. Sie war ihnen damit auf Gedeih und Verderb verpflichtet.

„Der Grillmann bin ich!" schrie ein junger Mann übermütig. Er stand am Grill und fasste sich mit der rechten Hand an den Schritt. Dass er eine rußige Grillgabel in der Hand hielt und mit ihr sein gelbes T-Shirt befleckte, bemerkte er gar nicht. Es hätte ihn wohl nicht sonderlich gestört. Mit der linken Hand schwenkte er eine halbvolle Flasche Zuckerrohrschnaps. Die bessere Sorte mit dem schwarzen Etikett. Abwechselnd nahm er hin und wieder einen Schluck aus der Flasche und goss einige Spritzer auf das zischende Grillfleisch.

Der schwarze Rost war ursprünglich einmal der riesige Kühlergrill eines Cadillac Fleetwood gewesen. Auf ihm lagen jetzt fettverschmierte Alu-Tabletts mit Steaks, brutzelnden Würsten und glänzenden Maiskolben. Außerdem noch einige unförmige Kugeln aus Alupapier, die Zwiebeln oder Tomaten enthielten. Schwere Rauchschwaden waberten in der warmen Abendluft. Sie wurde durch eine sanfte Brise kaum aufgelöst, geschweige denn vertrieben. Die ganze Atmosphäre war erfüllt von einem fettigen, beißenden Geruch. Er hatte etwas Dramatisches und Kriegerisches an sich.

Alupapier wurde hier auch zu anderen Zwecken verwendet. Allerlei Krimskrams in Pulverform oder als Kristalle oder Brösel wurde konsumiert. Die dazugehörigen winzigen Aluverpackungen lagen überall herum.

Der Mann am Grill trug seinen Schwanz nur notdürftig verpackt am Leib. Er rutschte ihm fast aus dem knappen String-Tanga. Außer diesem hatte er nur sein löcheriges gelbes Shirt und Sandalen an. An seinem Hals hing eine schwere Kette aus funkelndem teuren Weißgold oder Platin.

„Pass auf deinen Riemen auf!" empfahl ein dickbäuchiger Glatzkopf mit pechschwarzer Sonnenbrille und einer großen Schneidezahnlücke. Er deutete mit der Hand, in der er eine frostige Bierdose hielt, auf den Unterleib des Grillmanns. Dessen Pica befand sich in unmittelbarer Nähe des heißglühenden Cadillac-Grillrostes. „Sonst ist er gleich nichts weiter als eine der verschmorten Grillwürste!" Die Umstehenden lachten schallend und dreckig. Sie knallten ihre Hände aneinander und stießen mit Bier und Aguardente an. Einer der Jungs mit den weißen Kopftüchern zog seiner Freundin die Bluse hoch. Sie fing an, laut und protestierend zu kreischen. Er stülpte ihr die Bluse nach hinten über den Kopf. Sogleich goss er einen großzügigen Schwall Schnaps über ihre Brüste. Er fing an, sie gierig zu lecken wie ein durstiger Hund den Bodengrund einer Wasserschüssel.

Die Jungs der Gang applaudierten. Manche feuerten den Lecker mit Rufen oder in den Himmel gereckten Fäusten an.

„Der Muschi-Express kommt!"

Auf einer der Betontreppen wurde es unruhig. Diese Treppen führten auf die Dächer und dienten auch als Fluchtweg im Falle eines Brandes. Obwohl schon einige Mädchen auf den Flachdächern zu sehen waren, fielen die beiden neuen auf, die jetzt erschienen. Bereitwillig wurden sie von allen durchgelassen und erhielten freien Zutritt zu den Dächern. Denn zumindest eine der beiden war allseits bekannt als hartgesottenes Straßenmädchen und ehrgeizige Anschafferin.

Giovanna ging voran. Sie war sexy bekleidet mit ihrer roten Netz-Bluse und dem knappen Minirock. Im Schlepptau hatte sie die ausgesprochen hübsche Angelina. Diese wirkte etwas eingeschüchtert angesichts der wilden Meute von kampferfahrenen Gangstern und Rowdies. Dennoch strahlte sie vor blendender Schönheit. In ihrem weißen T-Shirt mit der bunten, aufgedruckten Palme erschien sie beinahe wie ein vollkommener junger Engel der Unschuld. Ein Engel inmitten eines Haufens blutrünstiger wilder Tiere.

Fast wie beiläufig und von Zauberhand wurden die beiden in Richtung der Feuerstelle gelotst, wo bereits der dickbäuchige Glatzkopf wartete. Sofort war ihnen klar, dass er hier das Sagen hatte. Er hatte das Vorrecht, neue Gäste als erster zu begrüßen. Ganz besonders, wenn es sich um so attraktive junge Mädchen handelte.

„Wer bin ich?" fragte der Breite, nachdem er Angelina und Giovanna von Kopf bis

Fuß gemustert hatte. Sein kahler Kopf schimmerte wie eine blankpolierte Bowlingkugel im letzten Licht der fast untergegangenen Sonne. Seine Sonnenbrille reflektierte das Licht. Es sah aus, als würden rotglühende außerirdische Augen hinter dem schwarzen Glas hervorstarren.

„Du bist Luca, die rechte Hand vom Boss!" antwortete Giovanna wie aus der Pistole geschossen. Sie wusste, dass es unklug sein würde, einem der Kerle auch nur einen Hauch von weiblichem Stolz oder gar Trotz entgegenzusetzen. Nicht, wenn sie hier etwas von dem Spaß abbekommen und später wieder sicher nach Hause gelangen wollten. „Wir gratulieren dir zu deinem Freispruch!"

Luca nickte kaum merklich. Er sah von Giovanna zu Angelina und dann wieder zu Giovanna. „Ich weiß, wer du bist", sagte er mit einem schiefen Grinsen. „Du bist die Gute, die die Kohle immer pünktlich bei uns abliefert. Aber wer ist die andere Schlampe?"

„Sie heißt…" wollte Giovanna erklären, doch Luca schnitt ihr das Wort ab.

„Hat sie auch einen eigenen Mund? Oder nur eine Fotze?" wollte er wissen. Es klang nicht herablassend oder bösartig. Eher wie eine sachliche, aufrichtig gemeinte Frage.

Angelina räusperte sich. Offen und direkt sah sie dem Typen ins Gesicht. Sie bemühte sich, weder Angst zu zeigen noch den Eindruck von Widerspenstigkeit zu erwecken. „Ich bin Angelina", sagte sie. „Die Schwester von Gustavol. Auch ich gratuliere dir zu deinem Freispruch, Luca. Ist mein Bruder hier?" Bei den letzten Worten sah sie sich auf dem Dach um. Junge Männer, manche davon noch halbe Kinder, starrten sie abschätzend und lüstern an. Alle von ihnen hatten schon sexuelle Erfahrungen hinter sich. Zahlreiche zumeist, und oft auch perverse. Manche der Kerle hatten sogar schon die eine oder andere Leiche auf dem Kerbholz.

„Gustavol", murmelte Luca versonnen. Es klang, als spräche er von einem Film, den er mal gesehen hatte und an den er sich nur vage erinnerte. „Ich habe ihn heute Abend noch nicht gesehen. Er wird schon noch auftauchen." Er breitete seine muskulösen Arme aus. Sie waren stark tätowiert. Am linken Oberarm prangte eine hässliche verwachsene Narbe von der Größe eines Handtellers.

Der Typ am Grill rieb sich obszön über den Schritt seines String-Tangas. Er stand nur wenig Schritte von Angelina und Giovanna entfernt. Mit flackerndem Blick besah er sich beide. „Wollt ihr Fleisch?" schrie er, viel zu laut für die kurze Entfernung. Er wirkte stark benebelt und stand wohl unter Drogen. In der Hand hielt er die rußige Grillzange und fuchtelte damit herum. „Wir haben alles!" versprach er. „Rindersteaks! Würstchen mit Speck! Zwiebeln mit Butter!" Er stieß einen markanten Schrei aus und wackelte mit den Hüften wie ein Animator. „Ihr könnt alles haben!"

Luca runzelte die Stirn. „Hört nicht auf ihn!" empfahl er mit tiefer, etwas abfälliger Stimme. „Er steht unter Strom. Hat sich etwas geschossen. Naja, Grillen wird er schon können." Er rieb sich über den stattlichen Bauch. „Schmeckt jedenfalls gut, der Kram.

Habt ihr Hunger, ihr Schlampen?"

Zaghaft schüttelte Angelina den Kopf. Doch Giovanna nickte eifrig. „Ich könnte ein Pferd fressen!" behauptete sie. „Mitsamt dem Sattel!"

Luca lachte kurz und abgehackt. Er winkte dem Mann am Grill zu. Dieser konnte seine glasigen Augen nicht von den Girls lassen. „He, Soldado!" rief Luca barsch. „Los, türme den beiden etwas auf die Teller! Und halte mal dein großes Maul, sonst spritzt zu viel von deinem Hepatitis-verseuchten Speichel auf das Grillzeug!"

Der Mann am Grill nickte und hantierte mit zwei Plastiktellern. Ungeschickt grabbelte er mit der Grillzange nach dem Fleisch auf dem Grill. Fett zischte. Einige Flammen schlugen zwischen den Roststreben hindurch. Schließlich reichte er Angelina und Giovanna zwei Teller. Sie waren bis zum Rand bestückt mit duftendem Fleisch, gerösteten Brotscheiben und etwas angekohltem Gemüse.

Beide bedankten sich mit einem freundlichen Nicken. Der Typ am Grill sah sie aufmunternd und gierig an. So, als erwartete er von ihnen für diesen kleinen Service eine ganz besonders delikate Gefälligkeit. Giovanna lächelte Luca respektvoll zu. Der reagierte mit einem müden Grinsen. Sie entfernte sich mit Angelina.

Noch ahnte niemand, und der Kerl am Grill am allerwenigsten, dass an diesem Abend noch etwas sehr Krasses passieren würde. Etwas, was dem Grillmann fortan den Spitznamen „Zebra" einbringen sollte. Auf eine drastische Weise würde er diese Party für den Rest seines Lebens nie mehr vergessen.

Etwas abseits fanden Angelina und Giovanna ein Plätzchen, wo sie ihre Mahlzeit einnehmen konnten. Es handelte sich um ein Stück der Mauer, die das begehbare Flachdach begrenzte. Sie setzten sich auf den Beton, der noch erwärmt war von der Hitze des zurückliegenden Tages. Genüsslich begann Giovanna, mit den Händen Fleisch von ihrem Teller zu futtern. Angelina, deren anfängliche Aufregung sich allmählich legte, bekam nun Appetit. Auch sie fing an, sich über das Essen herzumachen.

„Sie lassen uns in Ruhe", mümmelte Giovanna zwischen zwei Bissen. „Luca hat das Sagen, solange der Boss noch nicht da ist. Und er ist gut gelaunt wegen seines Freispruchs. Außerdem..." Sie verzog ihre geschminkten, kauenden Bäckchen zu einem Lächeln. „Außerdem verstehe ich mich mit denen ganz gut. Gibt nur wenige, die es darauf anlegen würden, sich mit mir zu streiten. Weil ich mit dem Boss so stehe!" Sie reckte Zeige- und Mittelfinger in die Höhe. Beide Finger glänzten fettig und etwas rußig von dem Grillfleisch. Dann schluckte sie ihren Bissen hinunter und schob sich anschließend beide Finger in den Mund. Sie lutschte sie behutsam ab und schloss dabei die Augen. Angelina fing an zu lachen. Es klang wie ein glucksender Wasserfall aus Zuckerwasser.

Ein Mitglied der Rocinha Ghosts stand plötzlich vor ihnen, einen Eimer mit Eiswürfeln in der Hand. Er streckte ihnen den Eimer entgegen. Giovanna ließ wählerisch ihre Finger über dem Eis kreisen und suchte sich dann eine Bierdose aus.

Sie war eiskalt und bedeckt mit gefrorenen Wassertropfen.

„Ich auch!" verlangte Angelina. Sie erhielt eine Dose. „Obrigada!" sagten sie beide, beinahe im Chor. Achselzuckend trollte sich der Eimerträger zu einer Gruppe Jungs, um ihnen Getränke anzubieten.

„Der Boss hat noch irgendwo zu tun", vermutete Giovanna. Mit einem deutlich hörbaren Knacken öffnete sie ihre Dose. Nachdem Angelina es ihr gleichgetan hatte, stießen sie die eisbenetzten Dosen prostend aneinander. Gemeinsam tranken sie einen kühlen Schluck.

„Ist das gut oder schlecht?" fragte Angelina und wischte sich über ihre Lippen.

„Zumindest ein Zeichen dafür, dass alles nicht sehr entspannt ist und es womöglich noch Ärger geben wird heute Abend!" antwortete Giovanna. „Wenn das so kommen sollte, Süße, dann lass uns abhauen. Okay?" Sie zwinkerte ihrer Freundin zu. „Das Zauberwort heißt dann Feuertreppe. Denn durch die Dachluken wäre es dann zu gefährlich auf dem Weg nach unten. Wenn es auf den Dächern brenzlig wird, kann es sein, dass in den Häusern bereits die Hölle tobt."

Angelina war unsicher, ob es sich dabei vielleicht um einen Scherz handelte, der ihr nur etwas Angst machen sollte. Sie nickte und trank weiter von dem Bier, bis die Dose fast leer war. Nun erschien ihr alles in einem anderen, weicheren Licht. Die groben Stimmen, die scharfen Gerüche und selbst der schwarz aufsteigende Qualm der Grillstelle – alles wirkte nun eher spannend als bedrohlich.

„Scheiß auf die Stadt!" empfahl Giovanna und nahm sich mit gespreizten Fingern ein Würstchen vom Teller. „Wir haben hier alles, was wir brauchen! Hier in unserer Favela lebt es sich doch ganz gut." Wie um ihre Worte zu bekräftigen, biss sie herzhaft in die Wurst.

Angelina klaubte ein Stück von einem Maiskolben vom Teller. Zaghaft knabberte sie daran herum. Sie zupfte die einzelnen Körner ab wie ein hungriger Papagei. „Du lebst ganz gut hier, Gio. Nur… So, wie du das machst, kann ich das nicht", erklärte sie vorsichtig. „Ich will einen richtigen, normalen Job."

„So wie in den Telenovelas?" spottete Giovanna. „Träumst du wieder vom Häuschen im Grünen, von Mann und Kindern und so, wie?"

„Was ist daran so schlecht?"

„Nichts. Nur, dass es nervt. Ist zu wenig Action. Und einer ist nicht genug."

„Wie viele Männer brauchst du denn, bis du satt bist?" Angelina stellte ihren Teller beiseite und nuckelte ihre Bierdose leer. „Wann wirst du genug haben? Wie viel willst du bumsen? Willst du dich durch halb Rio vögeln?"

„Mehr, viel mehr", winkte Giovanna großspurig ab. „Ich will die ganze Welt ficken!"

Angelina schüttelte mit nicht ganz ernst gemeinter Missbilligung den Kopf.

„Sie sollen alle kommen!" fuhr Giovanna unbeirrt fort und schwenkte die Dose hin und her. Das Bier gluckste darin wie Wasser in einem tiefen Brunnen. „Die

Brasilianer, blond und schwarz, hell und dunkel. Die Deutschen mit ihren Badelatschen und den bunten Hüten. Die immer Bedenken haben, sich nachts am Strand auf die Schnelle einen blasen zu lassen. Diese höflichen Schweizer mit ihrem schönen, bunten Geld! Die Österreicher, stolz wie Könige! Die Amerikaner mit ihren Dollars und Spiegelsonnenbrillen und Kaugummis. Die Japaner, die alles fotografieren wollen, selbst die Härchen auf meinem Arschloch beim Sex. Ich ficke sie alle! Ich umschließe mit meinen trainierten Muschi-Muskeln ihre Schwänze! Ich melke den letzten Tropfen Saft aus ihnen heraus! Sie werden heimgehen mit Säcken, die so leergepumpt sind, dass sie an ihnen herabhängen wie leere Luftballons!"

In Angelinas Kichern hinein fragte eine heisere Stimme: „Wer redet hier von Luftballons? Ich sehe keine! Ist ja auch kein beschissener Kindergeburtstag hier, oder?"

Angelina bekam einen Schreck, als sie ihren Bruder sah. Nicht die Tatsache, dass er hier aufkreuzte, erschreckte sie, denn das hatte sie erwartet. Vielmehr entsetzte sie sein Aussehen. Erst vor wenigen Tagen hatte sie ihn zuhause gesehen, als er eine Tüte voller Schmutzwäsche vorbeibrachte. Da hatte er schon einen etwas abgerissenen und übernächtigten Eindruck gemacht.

Doch der Anblick, der sich ihr nun bot, war mehr als nur beunruhigend. Gustavol schien entrückt und wie in Trance zu sein. Auf bittere und sehr passende Weise wirkte er wie ein leibhaftiger Geist... Ein würdiges Mitglied der Rocinha Ghosts! Um seine Stirn hatte er ein Tuch gewickelt. Im Schein einer nahen Neonröhre schimmerte es in einem beinahe überirdischen Weiß. Sein halblanges, schwarzes Haar war mit Gel an den Kopf nach hinten geklatscht worden. Unter seinem offenen olivgrünen Armee-Hemd schimmerte seine nackte tätowierte Brust. Dazu trug er eine schwarze halblange Hose voller metallener Nieten und Reißverschlüsse, sowie teure Sportschuhe.

Teurer als die, die wir Nicolas kaufen, wenn wir mal etwas Geld haben, dachte Angelina bei ihrem Anblick. Sie verspürte dabei ein aufwallendes Gefühl des Ärgers. Und dabei bastelt Nicolas an seiner Fußball-Karriere! Anstatt als billiger Gangster in der Gegend herum zu lümmeln! Und wir bezahlen seine Schuhe von ehrlich verdientem Geld!

Laut sagte sie: „Oi, Bruder! Hallo! Ich dachte schon, du wärst heute Abend gar nicht da."

„Klar bin ich da!" blaffte Gustavol. „Aber warum bist du da? Anstatt für die blöde Schule zu büffeln, so wie du es immer tust?"

„Ich bin fertig mit der Schule und habe meinen Abschluss gemacht", seufzte Angelina und sah Giovanna an. Gio! sagte ihr Blick. Dieses Arschloch ist leider tatsächlich mein Bruder! „Das ist schon eine ganze Weile her. Du hast es wohl nicht mitbekommen. Obwohl du ja noch zuhause lebst, zumindest manchmal. Ich suche eine Ausbildungsstelle. Oder einen gutbezahlten Job."

Gustavol sah sie verständnislos an, als spräche sie eine fremde Sprache. Dann spuckte er auf den Boden. „Scheiße!" tönte er. „Affenscheiße! Glaubst wohl, du bist was Besseres? Wie unser kleiner Bruder, der große Fußballstar? Ach nein, er ist ja nur unser Halbbruder!" Er versuchte, ein zweites Mal auszuspucken, doch es kam nichts mehr. Er schien einen sehr trockenen Mund zu haben, denn er sprach, als hätte er eine Ladung Sand zwischen den Zähnen. Seine Lippen wirkten vertrocknet und ausgedörrt wie altes Leder.

„Immerhin will Nicolas etwas aus seinem Leben machen", entgegnete Angelina eine Spur zu forsch. Sie war das Alkoholtrinken nicht gewöhnt. Die eine Dose Bier hatte ihren Mut beflügelt und ihre Zunge gelockert.

Gustavol sah sie an, warnend und unschlüssig zugleich. So, als wüsste er nicht, was er mit seiner Schwester anfangen sollte, die hier überraschend auf der Party seiner Gang aufgetaucht war. Was ihm ganz und gar nicht passte.

„Nicolas ist cool!" sagte Giovanna. Von irgendwoher hatte sie eine zweite Dose Bier ergattert und sie bereits aufgerissen. Bevor sie daraus trinken konnte, nahm ihr Gustavol das Bier aus der Hand. Ein klebriger gelber Schwall des Gerstensaftes schwappte dabei zu Boden. Gleichzeitig stieß er sie grob gegen die Schulter.

„Halts Maul, du Nutte!" empfahl er. „Du hast meine Schwester doch hierher geschleift... Elende Schwanz-Lutscherin! Pass bloß auf..." Er führte die Bierdose an den Mund und trank. Nachdem er die Dose auf Ex geleert hatte, knüllte er sie mit einer Hand zusammen und warf das Blech von sich. „Irgendwann kriegst du eine Abreibung, wenn du dich weiter in alles einmischst!" drohte er. „Du wirst nicht ewig glimpflich davonkommen, das schwör´ ich dir!"

Giovanna hielt es für besser, den Mund zu halten. Schlagartig war ihre gelöste Stimmung ins Gegenteil gekippt. Alles wegen dieses Schmalspur-Ganoven! Der noch nicht mal ein richtiger Zuhälter war wie manch anderer hier. Gustavol besaß nicht die kleinste Spur von Charme. Er hatte kein gewinnendes Wesen. Die Nutten mieden ihn wie der Teufel das Weihwasser. Er galt als extrem brutal und konnte auf eine sehr ekelhafte Weise beleidigend und verletzend sein. Wo erfolgreiche Zuhälter geschickt ihre Methoden von Zuckerbrot und Peitsche anwandten, schien es bei Gustavol immer nur die Peitsche zu geben. Eine Tatsache, die auf Dauer selbst jene Frauen von ihm fernhielt, die nur wenig Selbstachtung und Selbsterhaltungstrieb besaßen.

„Ich will mir das hier nur ein bisschen angucken", sagte Angelina beschwichtigend, um ihrem älteren Bruder den Wind aus den Segeln zu nehmen. „Mama würde es sowieso nicht erlauben. Also gehe ich auch nicht zu spät wieder heim. Damit sie keinen Verdacht schöpft."

Gustavol schüttelte träge den Kopf. „Hättest erst gar nicht herkommen sollen. Sonst wirst du noch eine Nutte wie die da!" Er zeigte auf Giovanna. Diese ignorierte ihn jetzt einfach. Sie beobachtete die Party, die allmählich immer chaotischere Züge annahm.

Angelina folgte den Blicken ihrer Freundin. Immer wieder aber ertappte sie sich selbst dabei, dass sie die Umgebung nach ihm absuchte.

Wo war Daniel? Würde sie ihn bald hier treffen? War er etwa schon hier, und sie sah ihn nur nicht in der Dunkelheit? Würde es mit ihm heute Nacht endlich passieren?

Die Dächer waren nun gut gefüllt. Zumeist mit Gangmitgliedern und jungen Freunden der Ghosts. Aber auch mit Mädchen und Frauen verschiedener Altersklassen. Flaschen klirrten. Irgendwo wurde mit derben Worten eine erbitterte Auseinandersetzung ausgetragen. Gegen diese wirkte das kleine Streitgespräch hier mit Gustavol wie ein harmloses Scharmützel. Harte Rap-Musik schallte von den Flachdächern über halb Rocinha. Sie würde einen Teil der Bewohner wohl noch länger wachhalten. Irgendwo kreischte eine Gruppe junger Mädchen. Ein hysterisches, besoffenes Schreien, in das sich Spuren von Angst und Wahnsinn mischten.

Es wurde dunkel. Das Feuer der großen Grillstelle und der Schein der Laternen und Neonröhren ließen aber genug Helligkeit übrig, um sich zu orientieren und Gesichter zu erkennen. Irgendwo in der undurchsichtigen Schwärze des Nachthimmels knatterte ein Hubschrauber. Vermutlich einer der Polizei-Helikopter, die von Zeit zu Zeit die endlosen Hügel der Favelas überflogen. Mit den Ferngläsern würden die Polizisten gewiss auch diese Dachparty beobachten können. Aber was würden sie schon sehen? Nichts weiter als Tanzende, Besoffene, Huren, Hungrige, Gangster und Zugedröhnte!

Die Blech-Libelle setzte sogar ihren Such-Scheinwerfer ein. Wie ein irres, zu groß geratenes Glühwürmchen kreiste das Licht am Himmel umher.

„Sollen sie ruhig kommen und uns anleuchten!" kicherte Giovanna leicht angesäuselt. Wie durch Magie hatte sie von irgendwoher ein Fläschchen herbeigezaubert und trank daraus. Es enthielt eine weinhaltige Limonade und war dem Anschein nach nicht mehr wirklich kalt. Das machte jedoch nichts. Giovanna schien es vor allem um die berauschende Wirkung des Gesöffs zu gehen und nicht um eine kühle Erfrischung.

Sie reckte die Hand mit der Flasche zum Himmel hoch und schrie ausgelassen: „Kommt schon, Bullen! Her mit euch, leuchtet uns mit euren Scheinwerfern an! Aber bitte hübsch blinken und blitzen lassen... Dann haben wir hier die größte Freiluft-Disco von Rio de Janeiro!"

Ihr Rufen mündete in das zustimmende Gackern und Kreischen einiger Girls, die den Hubschrauber ebenfalls bemerkt hatten. Dosen und Flaschen wurden aneinandergestoßen. Bier spritzte, Sekt schäumte und der Aguardente tropfte. Es ging feuchtfröhlich weiter. Der Abend steuerte seinem brisanten Höhepunkt entgegen.

Noch hatte keiner der Partygäste auch nur die leiseste Ahnung von dem Schrecken und den Abartigkeiten, die sich bald ereignen würden. Das spektakuläre Finale des Festes stand bevor. Ein Finale, das in der Geschichte der Favela Rocinha zu einer oft erzählten Ghetto-Legende werden sollte.

TEIL 3

8: MEHR ALS NUR EIN KUSS IM BUS!

„Da ist er ja, der schönste Engel von allen!"

Woher kam das? Diese Stimme, so männlich dunkel und doch so gefühlvoll… das war doch er? Unruhig sah sich Angelina um. Um sie herum wirbelten Tänzer und torkelten Feiernde. Zahlreiche Schatten bevölkerten die Flachdächer. Sie huschten hin und her wie Phantome.

Ein Schatten löste sich aus dem Dunkel. Er kam auf sie zu. Angelina stockte der Atem.

Es war Daniel.

Er sah unschlagbar gut aus. Sein Oberkörper war nackt und braungebrannt, aber ganz ohne Tattoos. Neben kurzen Shorts aus blauer Baumwolle trug er schicke schwarze Ledersandalen. Schuhe, die für schnelle Sprints oder Fluchten über Stock und Stein ziemlich ungeeignet waren. Aber Daniel war kein Gangster. Er hatte demnach wenig bis nichts zu befürchten von anderen Gangs oder der Staatsmacht. Sein Haar war dunkelblond und lockig. Er trug keinen Schmuck bis auf eine silbern glänzende Armbanduhr mit Stahlband. Und natürlich ein weißes Tuch; das Zeichen dafür, dass er ein Freund der Rocinha Ghosts war und von ihnen hier geduldet wurde. Das Tuch trug er um seinen Gürtel gewickelt, der die Shorts oben hielt. Sein Waschbrettbauch schimmerte goldbraun im Neonlicht.

Mutig war, dass er seine Brille trug. Selbst bei dieser Party, unter diesen Leuten. Sie ließ ihn noch klüger aussehen, als er war. Auch gab sie seinem hübschen, schmalen Gesicht etwas Erwachsenes, Vertrauenerweckendes.

„Oi, Daniel! Hallo!" stieß Angelina etwas atemlos hervor. Giovanna und auch Gustavol sahen, wie sich Daniel mit zwei Getränken in den Händen näherte.

Schließlich stand er dicht vor Angelina. So dicht, dass jeder erkennen konnte, dass sich die beiden kannten und mochten. Er beugte sich zu ihr herab. Um fast einen halben Kopf überragte er sie. Mit halb geschlossenen Augen drückte er ihr einen Kuss auf den Mund.

Angelina ließ es nicht nur zu. Es gefiel ihr sehr. Als seine Lippen die ihren berührten, schickte sie ihren Stoßtrupp los: Mit hervorschießender, auffordernder Zunge zeigte sie ihm, dass sie bereit war für mehr. Für viel mehr!

Das Begrüßungsbussi mündete in einen ausgiebigen Zungenkuss. Ungeachtet der Partygäste und auch dem missmutig dreinblickenden kleinen Gangster Gustavol umfasste Daniel Angelina mit seinen schlanken, aber kräftigen Armen. Er küsste sie zärtlich und hingebungsvoll.

Als Angelina wieder halbwegs bei Sinnen war und ihre Umgebung einigermaßen wahrnahm, war ihr Bruder Gustavol nicht mehr zu sehen. Giovanna saß auf der Mauer und trank Bier. Sie grinste und schwieg. Mit einem Mal wollte Angelina Daniel alles erzählen, was sich an diesem langen Tag zugetragen hatte. Sie wollte ihm ihr Herz ausschütten. Außerdem suchte sie seinen Trost und Rat wegen des fehlgeschlagenen Bewerbungsgesprächs von heute Vormittag. Sie verspürte das dringende Bedürfnis, ein ruhiges, ungestörtes Fleckchen zu finden, wo sie beide alleine sein würden.

Und wo sie ihn würde vernaschen können!

Denn sie war heiß. Heißer als eine Herdplatte, die in der prallen Mittagssonne bei höchster Stufe glüht! Schärfer als eine frische Paste aus Chilis und Paprikaschoten! Und feuchter als ein Biotop in der Regenzeit.

Zwischen ihren Beinen schwollen die Schamlippen an, als hätten Dutzende von Bienen in sie hineingestochen. Eine bittersüße Feuchtigkeit machte sich in ihrem Höschen breit. Der dünne Stoff klebte an ihrer Scheide wie eine zweite Haut. Schon war er völlig durchnässt von ihrem Liebessaft.

Auch Daniel war spitz wie eine Nähnadel. Als er sich an sie drängte und seinen Unterleib an dem ihren rieb, spürte sie seinen steifen Schwanz. Er drängte sich an sie wie eine große, dicke Kerze. Eine Kerze aus hartem, aber warmem Wachs.

Wie lange würde es dauern, bis sie sich liebten? Und vor allem, wo sollte das passieren?

„Ich will mit dir bumsen!" sagte Daniel leise. So leise, dass nur sie es hören konnte. Angelina antwortete nicht. Doch sie streichelte mit beiden Händen seinen nackten Oberkörper. Seine Haut fühlte sich gut an. Glatt, zart und etwas verschwitzt. Verdammt erotisch! An ihrem Rücken spürte sie etwas sehr Kaltes, Metallenes. Die Getränkedosen, die er mitgebracht hatte und immer noch in den Händen hielt.

Angelina hatte Angst. Trotz ihrer sprudelnden Geilheit. Daniel hatte noch nie mit ihr gebumst. Sie hatte in dieser Hinsicht zwar schon Erfahrungen mit anderen Jungs gemacht. Dennoch oder gerade deshalb befürchtete sie, dass das Bumsen etwas Entscheidendes an ihrer bisher ziemlich lockeren Freundschaft verändern würde. Sie vertraute ihm und kannte ihn nun schon einige Wochen. Sie war sich aber nicht sicher, ob er sie nicht einfach fallenlassen würde, wenn er sie erst mal gebumst hatte. Denn er sah nicht nur wahnsinnig gut aus, sondern war auch sehr charmant und witzig. Alle Mädchen der Favela lagen ihm zu Füßen, und die reiferen Frauen sowieso.

„Wenn ihr ficken wollt, dann wüsste ich einen Ort dafür!" mischte sich Giovanna ein. Sie legte Angelina eine Hand auf die Schulter.

Diese lächelte etwas verschämt. Sie wusste nicht, ob ihre Freundin nicht doch etwas von den deutlichen Worten Daniels gehört hatte. Oder ob sie nur ganz richtig vermutete, dass hier etwas im Busch war…

Daniel sah Giovanna breit grinsend an. Seine Zähne leuchteten in der Nacht wie lange Reihen von großen Perlen. Sein Grinsen war freundlich und humorvoll. „Gio!" sagte er, als würde er sie erst jetzt so richtig wahrnehmen. Er schien noch ganz gefangen zu sein vom bildhübschen Anblick Angelinas. „Gut siehst du aus! Nicht ganz so toll wie mein Engel hier, aber immerhin…" Er zwinkerte ihr neckisch zu.

Giovanna zahlte es ihm mit einem freundschaftlichen Knuff in die Seite zurück. „Wollt ihr es nun zusammen treiben oder nicht?" fragte sie so unschuldig, als handele es sich um etwas völlig Banales und Alltägliches.

„Ja!" schoss es aus Angelina heraus, und zwar mit einer solchen Schnelligkeit und Entschlossenheit, dass es sowohl Daniel als auch Giovanna die Sprache verschlug. Beide lachten. Daniel ließ seine Hand über Angelinas straffen Hintern kreisen.

„Ich glaube, dieser Engel ist kein echter Engel. Sondern eine Art verkapptes Teufelsbiest!" vermutete Giovanna mit gespielter Furcht. „Pass auf, Daniel! Die perverse Bestie wird dich noch aussaugen bis zum letzten Tropfen!"

Daniel schien nichts dagegen zu haben, denn er erkundigte sich sogleich nach dem Ort, von dem Giovanna gesprochen hatte. Es war klar, dass sie als zwar sehr junge, aber bereits abgebrühte Nutte instinktiv wusste, wo Liebesnester zum Vögeln auffindbar waren.

Giovanna fackelte nicht lange herum. „Da hinten steht ein alter Bus", sagte sie und deutete vage auf eine Stelle hinter den Flachdächern. Dort wuchsen einige Bäume, die den Untergrund in schwarze Schatten tauchten. „Ein Volkswagen-Bus, glaube ich. Ist uralt und ausrangiert. Die Sitze sind draußen, aber es liegt eine Matratze drinnen. Der Bus gehört einem der Anwohner. Wenn er noch nicht besetzt ist von irgend Jemandem, taugt er wohl für ein Schäferstündchen." Sie zog einen Zahnpflege-Kaugummi aus seiner Hülle und schob ihn sich in den Mund.

„Hört sich gut an!" sagte Daniel und sah dann zu Angelina.

Diese musterte ihre Freundin mit gerunzelter Stirn. „Ich kann dich doch nicht alleine lassen, Gio!" murmelte sie leise.

„Klar kannst du das!" versicherte Giovanna und begann, den Kaugummi zu kauen. Ihr rot geschminkter Kirschmund wogte dabei aufreizend hin und her. „Mir passiert schon nichts! Ich warte hier auf euch. Vielleicht läuft mir ja ein geiler Typ über den Weg? Dann stelle ich mich mit ihm vor den Bus und warte, bis ihr fertig seid."

Daniel und Angelina brauchten keine Worte, um sich über ihr weiteres Vorgehen zu verständigen. Sie verabschiedeten sich rasch und machten sich auf die Suche nach dem Bus. Unterwegs reichte Daniel Angelina eine der Dosen. Sie enthielt ein Cola-Whiskey-Mixgetränk. Sie tranken die Dosen mit schnellen, durstigen Schlucken leer.

Nach kurzer Zeit fanden sie den Bus. Er stand etwas abseits, ohne Reifen und aufgebockt auf Ziegelsteinen. Zwischen Büschen und dürren Bäumen auf einer gelben, ausgedörrten Grasfläche stillgelegt, war er ein ziemlich unauffälliges Versteck. Die große, dunkelrote Holzwand eines Hauses sowie das Wrack eines ausgeweideten LKWs schirmten ihn weitgehend vor fremden Blicken ab. Er war die ideale blecherne Bums-Bude!

Die Matratze am Boden des Buses war vermutlich weder sauber noch roch sie gut. Das bemerkten Angelina und Daniel allerdings kaum: Erstens sahen sie bei der Dunkelheit nur wenig. Zweitens hatten sie nur Augen und Nasen für einander. Alles andere schien so gut wie ausgeblendet zu sein.

Daniel vergewisserte sich kurz, ob die Matratze frei war von ekligen oder gar gefährlichen Dingen. Zum Beispiel spermagefüllten Kondomen oder benutzten Einwegspritzen von Junkies. Nichts dergleichen lag da. Weder auf dem Blechboden des Buses noch auf der Matratze. Entspannt und voller erregter Vorfreude legten sie sich darauf.

Daniel wollte seine Brille abnehmen, um sie irgendwo sicher zu verstauen. Angelina legte ihm ihre Hand auf die seine. „Lass sie auf!" sagte sie. „Ich will, dass du sie aufbehältst."

„Warum?" wollte er verwundert wissen. Die Brille saß ihm vom Küssen bereits etwas schief auf der Nase. Bald wäre sie krumm und verbogen wie ein Nasenfahrrad nach einem Unfall; ganz davon abhängig, wie krass sie beide es treiben würden.

„Scheißegal!" erklärte sie. „Ich find's geil so!"

Sie schlangen ihre Zungen umeinander und küssten sich lange und intensiv, ohne auch nur einmal innezuhalten. Die Geräusche der Nacht um sie herum verschmolzen zu einer nebelhaften Wand aus den Lauten des Großstadt-Dschungels. Trotz der Knutscherei dauerte es nur wenige Augenblicke, bis Daniel Angelinas Brüste freigelegt hatte. Der Push Up BH fiel von den straffen, runden Fleischpolstern, als Daniel geschickt die Verschlüsse löste.

Unter den zarten, kreisenden Berührungen seiner Hände versteiften sich Angelinas Brustwarzen noch mehr, falls das überhaupt noch möglich war. Wie harte, rosige Bonbons standen sie von den großporigen Warzenhöfen ab.

„Okay… Fick mich jetzt!" forderte sie ihn auf.

Er zog ihr die kurzen, ausgefransten Jeans vom Po. Ihr Slip lag frei. Er war fast völlig durchnässt von ihrer Scheidenflüssigkeit. Ihr Geruch war etwas scharf und bitter, aber sehr angenehm.

„Soll ich dich erst lecken?" fragte er.

„Nein, steck ihn sofort rein!" bat sie und bewegte unruhig die nackten Schenkel. Ihre Beine waren schön: Lang und sehr schlank, aber nicht knochig. Die Knie waren rund und standen nicht übermäßig ab. Ihre Haut war braungebrannt und sehr feinporig und rein. Lediglich ein paar Rötungen, die von Insektenstichen stammten, trübten die Makellosigkeit etwas.

„Du siehst fast aus wie Gisele, nur viel jünger!" beteuerte Daniel. Angelina wusste, welches Top-Model er damit meinte. Sie fühlte sich geschmeichelt. Zugleich spürte sie, dass er dieses Kompliment ernst meinte und es nicht nur so daher gesagt hatte. Sie kam ihm entgegen, als er seinerseits die Hose auszog und seinen Schwanz aus dem engen Gefängnis aus Stoff befreite.

Der blanke, rotgeschwollene Pica sprang auf sie zu, als Daniel seinen Slip nach unten zog. Die Eichel des Achtzehnjährigen lag entblößt über der Vorhaut und schimmerte in einem violetten Ton. Der Schwanz war ziemlich steif und nur spärlich behaart. Dafür sahen seine Eier aus wie dunkelhaarige Hippie-Schrumpfköpfe! Ein Gewirr aus langen, krausen Haaren, die so borstig und dicht wuchsen, dass man die faltige Haut darunter nur erahnen konnte. Und groß waren sie, diese Brutstätten der Sperma-Armee… Der Kerl hatte größere Glocken als der Vatikan in seinem höchsten Kirchturm!

„Ich bumse dich gut!" versprach Daniel und sah seiner Partnerin tief in die dunklen Augen. „Du wirst schreien, wenn du nicht aufpasst!" Wie ein geübter Ficker spuckte er in eine Handfläche und rieb sich den Speichel auf den Schwanz.

„Die Spucke ist nicht nötig!" hauchte Angelina in freudiger Erwartung. „Ich bin nass wie frischgewaschene Klamotten in der Wäschetrommel!"

„Wie nicht geschleuderte Wäsche, ja!" bestätigte Daniel und befühlte ihre Scheide. „Klatschnass! Du geile Sau!" Er packte sie mit seinen Fingern, die nach ihrer Scheide rochen. Fest und männlich, aber nicht grob.

Angelina stöhnte unter seinem Griff und wand sich etwas. Gleich war es soweit, und sie würde ihn in sich spüren!

Daniel gab sich dem Liebesspiel zwar hin. Aber er lauschte nun doch wie ein aufmerksamer Wachhund, was sich außerhalb des Buses abspielte. Soweit er es einschätzen konnte, waren sie alleine hier. Obwohl sie sich in unmittelbarer Umgebung der großen Party befanden, hatte wahrscheinlich niemand sie beide hier in den Bus schleichen gesehen. Das war gut so! Sie konnten keine Spanner gebrauchen. Ein schlichtes Verscheuchen möglicher Zaungäste wäre zudem nicht nur schwierig, sondern vielleicht auch gefährlich. Die Chancen standen gut, dass sie diese Nummer hier würden ungestört abziehen können. Angelina war scharf wie eine Wasserstoff-Bombe kurz vor dem Abwurf. Sie würde nicht lange brauchen, um eine wahre Orgasmus-Explosion zu erleben.

Sie waren beide nackt und rieben sich aneinander. Während er sie wild und fordernd küsste, schob sich sein erhärteter Schwanz über ihren weichen Bauch. Immer wieder stieß er bei seinen Bewegungen gegen ihre erhitzte und pulsierende Scham. Angelina glaubte fast verrückt zu werden vor sexueller Begierde. Ihr heißer Leib schien fast zu zerfließen unter dem unnachgiebigen Druck seines männlichen Körpers.

Als er schließlich in sie stieß, war sie dermaßen erregt, dass sie ihn mühelos und geschmeidig empfing. Sein wachsharter, blutgefüllter Kolben nahm die Pforte ihrer Schamlippen in wenigen Sekunden ein. Oberhalb der Lippen konnte der Kitzler als strammer Türsteher nichts gegen den Eindringling ausrichten.

Und dann fing der Ficker zu ficken an.

Einmal eingedrungen, stieß Daniel erst unbeherrscht einige Male in ihre Muschi hinein und wieder hinaus. So, als wolle er erst einmal ein bestimmtes Tempo und einen Takt finden. Dann wurden die Stöße sanfter, eleganter und regelmäßiger. Angelina half ihm, indem sie ihr Becken so leicht wie möglich machte. Sie kam seinem drängenden Bocken mit katzenhaften Bewegungen entgegen.

Daniel und Angelina fanden zu einem gemeinsamen, gefühlvollen Rhythmus. Er wurde fast beängstigend gleichmäßig. Wie das Ticken einer Uhr. Sie bumsten, als gäbe es kein Morgen mehr. Und tatsächlich, vielleicht gab es diesen für den einen oder anderen hier in der Favela wirklich nicht mehr. Wer wusste das schon?

Das kleine alte Bus-Wrack war zwar seiner meisten Teile beraubt, doch es besaß noch seine Stoßdämpfer. Sie ächzten und knirschten unter Daniels kräftigen Stößen. Das ganze Fahrzeug wiegte sanft hin und her. Wenn das nicht bald Aufsehen erregte! Daniel fand, dass sie sich sputen sollten. Der eine oder andere Partygast würde früher oder später bestimmt unter diesen Büschen und Bäumen seine Blase entleeren wollen. Oder seinerseits einen stillen Ort für eine schnelle Nummer suchen. Nicht auszudenken, wenn der dann diesen schaukelnden Bus entdeckte, in dessen Gebälk es krachte! Mit einem frostigen Schaudern sah Daniel vor seinem inneren Auge eine peinliche Szene: Dutzende Gesichter drückten sich draußen, an den trüben Fensterscheiben des Buses, feixend die Nasen platt, während drinnen schwitzend gefickt wurde.

Angelina war eng gebaut. Obwohl Daniels Pica recht dick war, hatte er dennoch keine Mühe, in ihrer Lusthöhle nach Belieben schalten und walten zu können. Reichlich geschmiert von einhundertprozentigem Muschi-Saft, glitt der junge steife Schwanz in dem muskelumspannten Schlitz der Latina umher. Es schmatzte leise. In das Schmatzen mischten sich die dumpfen Geräusche seines Beckens, welches auf ihren Unterleib traf.

Sie fing an, ihre Fingernägel in die Haut seines schweißnassen Rückens zu graben. Erst zaghaft und unbeholfen. Wie, um ihn durch das Zufügen leichter Schmerzen anzuspornen. Dann wurde das Kratzen zunehmend wilder und fahriger. Nach wenigen Minuten des Begattens begann sie, ihm wie in einem triebhaften Wahn über den Rücken zu kratzen.

„Bums mich!" verlangte sie mit schwankender, spröder Stimme. „Bums mich! Nimm keine Rücksicht!"

Seine Stöße wurden härter. Er verspürte ein schmerzhaftes Brennen auf seinem Rücken, verursacht von ihren bohrenden Fingernägeln. Wenn das Bocken noch länger geht, zerfleischt sie mich noch! durchfuhr es ihn in einer Mischung aus ehrgeizigem Leistungsdruck und Belustigung. Meine Haut wird wie zerfetzte Waschlappen an mir herabhängen!

Soweit kam es nicht. Denn Angelina kam jetzt.

Mit der Wucht eines Flugzeugs, das gegen einen Turm aus Glas prallt, explodierte ihr Orgasmus auf dem Höhepunkt der Lust. Um nicht gellend zu schreien wie eine Sterbende im Todeskampf, grub sie ihre Zähne in das zuckende, starke Muskelfleisch seines Oberarms.

Daniel hatte an ihrem lauter werdenden Keuchen und ihren zunehmend unkontrollierter werdenden Bewegungen gemerkt, dass sein Mädchen bald soweit war. Also gab er sich keine Mühe mehr, seinen eigenen Höhepunkt hinauszuzögern. Er ließ seiner Lust freien Lauf. Allmählich spürte er, dass der erhitzte Soßentopf aus Hautfalten bald überkochen würde: In seinem Sack rumorte es wie in einem glühenden Hexenkessel. Millionen von Spermien drängelten und überschlugen sich in seinen Eiern. Sie erahnten das süße Aroma der Freiheit und wollten hinaus aus ihrer feuchtdunklen Fabrik.

In Angelinas leiser werdendes Gestöhne hinein mischten sich nun Daniels eigene Orgasmus-Geräusche. Als die wallende Eiersuppe den Harnkanal seines Pica erreichte, war es soweit. Nun war alles egal! Die Sinneslust hatte die Diktatur übernommen. Sie beherrschte diesen zweckentfremdeten Bus. Gerade noch rechtzeitig zog er seinen pumpenden Schwanz aus der Scheide. Keine Sekunde zu früh! Das Sperma ergoss sich über Angelinas Bauch und die Matratze. Daniel verlieh seinem überschäumenden Glücksgefühl Ausdruck, indem er in Angelinas volles blondes Haar hineinschrie. Inmitten ihres wunderbaren Duftes, den er in sich einsog wie ein Ameisenbär die Insekten, ließ er sein gepeinigtes Lustgestöhne abklingen. Endlich verebbte es schließlich zu einem zufriedenen und etwas müden Grummeln.

Angelina war zutiefst befriedigt. Ihre Schenkel und ihr ganzer Unterleib waren klebrig vom herben Scheiden-Sekt ihrer Möse. Sperma klebte auf ihrem Bauch. Es würde festtrocknen, wenn sie es nicht bald wegwischte. Sie selbst wollte sich jetzt am liebsten ganz lange und zärtlich in Daniels Arme kuscheln. Natürlich wussten sie beide, dass das nicht ging. Zu pikant war die Situation. Zu viele Gangster, Betrunkene, Spinner und Spanner waren in der Nähe. Sie konnten jeden Augenblick hier auftauchen, angezogen vom merkwürdigen Schaukeln des Buses oder den Lustschreien der beiden. Oder von Kommissar Zufall.

Sehr behutsam und nur zögernd lösten sie sich voneinander. Nachdem sie sich kurz durch Blicke aus den Fenstern überzeugt hatten, dass es keine unmittelbaren Beobachter der Szene gab, kleideten sie sich hastig an. Angelina wischte sich vorher sorgfältig und gründlich mit drei Papiertaschentüchern das Sperma vom Bauch. Sie küssten sich rasch und schmeckten ihren milden, salzigen Schweiß. Sogleich machten sie sich bereit, abermals die Feuertreppe zu erklimmen. Die Party wartete auf sie!

Und dort ging es jetzt erst richtig los.

9: FEIERALARM UND ZEBRASTREIFEN

Schon auf dem Weg nach oben sahen sie, dass sich hier etwas abgrundtief Brisantes anbahnte. Auf dem schmutzigen Beton der Feuertreppe standen oder hockten einige Typen mit ihren Girls herum. Alles Leute, die zu bekifft oder auch zu friedfertig waren, um die Situation aus nächster Nähe mitkriegen zu wollen, die sich inzwischen oben auf den Dächern abspielte.

Das wütende Gebrüll erinnerte eher an das Gebell eines Kampfhundes als an eine menschliche Stimme. Es kam aus Richtung der großen Feuerstelle. Deren Umgebung war in ein bedrohliches gelb-rotes Flammenleuchten gehüllt.

„Vorsicht jetzt!" Daniel fasste Angelina fest am Arm. Er drückte sich an ihr vorbei, um voranzugehen. Hier stimmte etwas ganz und gar nicht. Die Stimmung war massiv umgeschlagen. Wenn sie auch vorhin schon nicht ganz froh und friedlich gewesen sein mochte – nun war sie eindeutig auf eine brandgefährliche Weise gekippt!

Ein dumpfes Brüllen: „Du sollst damit aufhören, hab´ ich gesagt! Hörst du nicht, du Filha da puta?"

Ein helleres, übergeschnapptes Schreien, quengelnd und patzig: „Ich mach das jetzt! Diesmal hält mich keiner davon ab! Ich kann es! Ich kann das tun!"

Daniel und Angelina traten etwas näher an die Feuerstelle heran. In respektvollem Sicherheitsabstand war der Party-Mob darum versammelt. Die Mienen wirkten teils grimmig und angespannt, teils auch bemüht lässig und cool. Zuckender Feuerschein ließen ein gelbes Glühen und nervöse Schlagschatten auf den Gesichtern entstehen. Die weißen Tücher der Rocinha Ghosts waren als Gang-Symbole allgegenwärtig und wirkten gespenstisch.

Am Grillfeuer mit dem verrußten Cadillac-Kühlergrill stand der benebelte Typ von vorhin. Der mit dem String-Tanga und dem löcherigen T-Shirt, der sich selbst als „Grillmann" bezeichnet hatte. Er war mehr denn je sturzbesoffen oder high von Drogen. Vermutlich beides zugleich. Den String-Tanga hatte er herabgezogen. Sein blanker Hintern wies in Richtung des Feuers. Noch immer lagen halb verkohlte Alu-Tabletts auf dem Grill. Steaks, Würste, Tomaten und Maiskolben schmorten vor sich hin. Das Weißgold oder Platin der schweren Halskette des Grillmanns glitzerte im hellen Licht der unruhigen Flammen.

„Ich warne dich, du Dreckskerl! Porco!" Der Brüllende war Luca höchstpersönlich.

Der massige, tätowierte Muskelmann mit der spiegelblanken Glatze und der Sonnenbrille, die rechte Hand vom Boss. Letzterer war noch immer weit und breit nirgends zu sehen.

Luca stand nur einen Meter vom Grillmann entfernt. Er war bis aufs Äußerste erbost. Tatsächlich schien er kurz vor einer nervlichen Explosion oder einem Amoklauf zu stehen. Er hatte die Arme in die Hüften gestemmt. Wäre er nicht so braungebrannt gewesen, so hätte sein aufgedunsenes Gesicht sicher eine tiefrote Färbung gezeigt. Hinter der fast schwarzen Sonnenbrille sah man seine Augen nicht. Sie funkelten jetzt vermutlich vor unbändigem Zorn. Er sog zischend die Luft durch die große Zahnlücke seiner Vorderzähne.

Der Grillmann zeigte sich widerborstig: „Du hast mich schon mal davon abgehalten! Jetzt sage ich nein! Du bist nicht der Boss! Nur Triple-Ice sagt mir, was ich zu tun habe! Und er ist nicht hier! Ich bin der Mann am Feuer, ich beherrsche die Flammen! Du hast mir nichts zu sagen! Ich ficke das Feuer!" Er näherte sich mit nacktem Po dem Feuer. Dabei sah er rückwärts, um nicht zu nahe an die Flammen zu geraten und sich nicht den Hintern zu verbrennen. Als seine haarigen Arschbacken so dicht beim Feuer waren, dass ein paar der Härchen schon vor Hitze zu schwelen drohten, schien sich der Kerl am ganzen Leib zusammenzukrampfen.

„Mein Peido ist der Beste und Lauteste von allen, die je in dieser Favela hinausgefurzt worden sind! Ich lasse die Flammen hoch schlagen mit meinen Fürzen!" verkündete der Grillmann. Seine Stimme war so übergeschnappt und zugleich hoheitsvoll, dass sie nur drogengeschwängert sein konnte. Der Kerl war entweder ein Crack-Head oder voll auf Crystal Meth. Zu allem Übel war er betrunkener als ein russischer Wodka-Tester an Silvester. Jedenfalls war er die Verkörperung des Größenwahns und der geschmacklosen Blödheit schlechthin: Nicht nur bereit, sich vor den versammelten Partygästen zu blamieren. Sondern auch drauf und dran, es sich mit einem der wichtigsten Befehlshaber der Gang gründlich zu verscherzen!

Der Grillmann ballte die Fäuste und stand schwankend da. Sein Unterleib krampfte sich unter der Anspannung zusammen. Er schien sich mächtig auf die Geschehnisse in seinem Gedärm zu konzentrieren.

Angelina nahm Daniels Hand und umschloss sie mit ihren zarten, schlanken Fingern. Er drückte sie und zeigte ihr damit, dass er auf sie aufpasste, egal, was da noch kommen mochte.

Und in der Tat, da kam etwas.

Aus dem Hintern des Grillmanns, der dem Feuer jetzt sehr nahe war, brabbelte ein langgezogener, schmieriger Furz in Richtung der Flammen.

„Es kommt! Es kommt! Ich lass die Fürze explodieren! Ich bin der Peido-König! Mein Arsch ist ein Flammenwerfer, eine Rakete! Das habt ihr noch nie gesehen…!" Der Kerl war ganz außer sich. Er konnte kaum an sich halten vor Begeisterung und Freude über seine körperliche Darbietung.

Das Furzen verstummte. Nackt, still und ganz rot war der entblößte Arsch des Grillmanns im Widerschein des Feuers zu sehen. Aufgeregt blickte er über seine Schulter auf seinen Hintern hinab. Er drehte sich, um die Arschbacken möglichst weit in sein Gesichtsfeld zu bewegen.

In der Menge war es mucksmäuschenstill geworden. Man hätte einen Joint oder eine Ecstasy-Pille auf den Boden fallen gehört, so still war es. Nur einige weit entfernte Geräusche der Favela drangen auf die Dächer herauf. Jemand hatte die Musik abgestellt. Niemand redete oder lachte. Keine Flaschen klirrten mehr. Wie gebannt starrten alle auf den lebensmüden und anscheinend völlig verrückten Grillmann. Der verharrte in seiner absonderlichen Position. Er musterte mit verrenktem Kopf seinen eigenen Arsch. So, als könne er mit bloßer Willenskraft dafür sorgen, dass ihm endlich der gewaltige Peido entwich, der den ersehnten Feuerball verursachen sollte.

Die Rocinha Ghosts nahmen nur zu deutlich die extrem überreizte Stimmung Lucas wahr. Solange der große Boss nicht da war, war er ihr Befehlshaber. Er wirkte nicht mehr nur verärgert, sondern wie ein Ertrinkender in den wilden Strudeln überschäumenden Hasses. Wie einer, der knapp davor ist, den endgültigen Befreiungsschlag auszuführen, der seine Anspannung durch einen heftigen Ausbruch der Gewalt lösen wird. Luca stand kurz vor dem Verlust seiner Selbstkontrolle. Er hatte die Ausstrahlung einer Thermo-Bombe kurz vor dem Einsatz. Sah der Grillmann das denn nicht? Oder war es ihm einfach egal, so zugedröhnt bis zu den Haarspitzen, wie er war?

Jedenfalls war das, was anschließend passierte, der Auslöser für den Spitznamen „Zebra", den er ab dem heutigen Abend für sein restliches Leben weghatte.

Mitten in die Stille hinein entwich seinem unseligen Arschloch ein gewaltiges, lautes Furzgeräusch. Der Schließmuskel seines Anus flatterte wohl oder vibrierte zumindest bei dieser enormen Menge an Gas, die dem Enddarm entwich. Genau konnte man das bei diesen Lichtverhältnissen zum Glück nicht sehen. Mit vor Entzücken ganz verzerrtem Gesicht glaubte der Grillmann für den Bruchteil einer Sekunde, dass es funktionierte: dass er der King des Ghettos und der feuerbeherrschende Star war, zumindest für die Dauer der Party. Der Held, der mit seiner ekligen Feuer-Show das Fest sprengte, ein heißes Zeichen setzte und für immer von sich reden machte durch seine krasse Aktion.

Vielleicht wäre alles noch einigermaßen glimpflich verlaufen, wenn es nur bei dem albernen Peido geblieben wäre. Tatsächlich schlugen die Flammen des Grillfeuers etwas höher. Das ausströmende Darm-Gas schien das Feuer zu nähren. Obwohl das Ergebnis viel bescheidener ausfiel als der Grillmann sich das wohl erhofft hatte. Von einem Feuerball oder wenigstens einer hohen Stichflamme konnte keine Rede sein.

Das Problem war, dass Material mitkam. Der Furz hatte seine Begleitung mitgebracht. Und die war ganz und gar unansehlich und roch schlecht! Mit einem widerlichen Schnarren, als würde ein Schwein husten, schoss eine dunkelbraune Masse aus dem Arsch des Grillmanns. Sie sah aus wie Erbseneintopf, nur braun statt grün. Mit matschiger Scheußlichkeit prasselte sie ins Feuer und auf den Grillrost. Tanzend und schmelzend wälzten sich die kleinen Kotbrocken zwischen den Steaks und den Würsten auf den Alu-Tabletts umher. Der Gestank, der sich augenblicklich breitmachte, war sagenhaft. Es schien, als würde die Hitze die unappetitliche Aura der Scheiße ins Unermessliche steigern. Mädchen kreischten. Ein paar Jungs schrien entgeistert oder empört auf.

Verdattert trat der Grillmann einen Schritt vom Feuer weg. Der String-Tanga klebte an seinen Oberschenkeln. Sein Pica hing schlaff und ängstlich verschrumpelt an ihm herab. So hatte er sich das in seinem drogenvernebelten Hirn nicht vorgestellt! Mit großen Augen und hängendem Unterkiefer betrachtete er seine brutzelnde Scheiße. Soeben hatte sie noch in seinem Darm rumort. Jetzt wurde sie heiß gegrillt und stank dabei schlimmer als ein überlastetes Klärwerk im Hochsommer.

„Das… das wollte ich nicht…" begann er. Es waren die letzten verständlichen Worte, die er vor seiner grausigen Entstellung noch sagen konnte.

Mit einem Schrei, der sich mehr wie ein dumpfes Schnauben anhörte, stürzte sich Luca auf den unseligen Grillmann. Der massige Glatzkopf wusste genau, was er vorhatte, denn er handelte mit äußerster Präzision und Schnelligkeit. Keine Bewegung war zu viel, keine Sekunde wurde mit Gerangel oder Schimpfen vergeudet. Falls er betrunken war, so merkte man ihm das nicht an. In diesem Fall verminderte der Alkohol seine Geschicklichkeit in keiner Weise.

Luca packte den Grillmann an den Haaren, wobei er ihn mit rasender Grobheit auch an den Ohren riss. Er achtete darauf, sich selbst nicht die Finger zu verbrennen, als er den Kopf des erschrockenen Kerls auf den heißen Grillrost drückte.

Das Gekreisch, das augenblicklich einsetzte, klang wie eine rostige Orgel, auf der in voller Lautstärke ein markerschütterndes Klagelied gespielt wird. Lucas schwere Pranken drückten den Kopf auf den fast glühenden, schwarzverkohlten Grill. Der Körper des Grillmanns zuckte wie der eines Hingerichteten auf dem elektrischen Stuhl. Es zischte fettig, als Haut und menschliches Fleisch auf ungeheuer heißem Metall verschmorten. In einer furchtbaren Ekstase aus unerträglichen Schmerzen ließ der Grillmann seine Arme umherflattern. Seine Hände trafen auf den Grill und die Holzkohlen, ja, sie griffen sogar mitten in die Flammen hinein. Das Ausmaß seiner Schmerzen hatte jedoch ohnehin jedes menschliche Maß so weit überschritten, dass die zusätzliche Pein durch die verbrennenden Hände keine Rolle mehr spielte. Die schwere Halskette des Grillmanns hing über den steinernen Rand der Feuerstelle herab. Das Weißgold oder Platin funkelte hektisch im flackernden Licht der Flammen. So, als würde es betrübt und voller Mitleid Anteil nehmen am Schicksal seines Besitzers.

Die Partygäste brüllten laut durcheinander. Mädchen drohten in Ohnmacht zu fallen angesichts dieses plötzlich hereingebrochenen Tsunami der Gewalt. Vorgeblich hartgesottene junge Männer kämpften mit dem Brechreiz und wandten ihre Blicke ab.

Luca hielt den Kopf des Bedauernswerten mehrere Augenblicke lang unbeirrt auf den Grillrost gepresst fest. Auch seine Hände kamen dabei der Gluthitze gefährlich nahe. Er schloss die Augen und murmelte vor sich hin, als zählte er. Dann endlich war er gnädig und ließ den Kopf los. Vielleicht war es ihm selbst auch nur zu warm geworden bei der Folter, und er wollte seine eigenen Hände vor der Glut schützen.

Einen schaurigen Moment lang schien die schwarzverbrannte Gesichtshaut des Opfers am Grillrost festzukleben. Dann löste sich sein Kopf von dem rußigen Metall. Gebratene, rötlichgraue Hautfetzen zogen sich beim Zurückziehen des Kopfes wie Kaugummi in die Länge und rissen schließlich ab. Sie blieben auf dem Grill zurück, wo sie sich mitsamt der Scheiße, den Würsten und den Steaks zu einer abscheulichen Masse vereinigten. Die garantiert niemand mehr essen würde!

Der ehemals pfauenhaft stolze und laute Grillmann wälzte sich ungläubig nach Luft schnappend am Boden. Laut war er auch jetzt; sogar lauter, als er jemals gewesen war. Auch hatte er in gewissem Sinne sein Ziel erreicht: Er stand im Mittelpunkt. Wenn auch auf eine völlig andere Weise, wie er sich das ursprünglich wohl erhofft hatte. Jeder verfolgte das Schauspiel. Niemand ließ die Augen von ihm.

Sein Mund war ein einziger spitzer und gellender Schrei, der kein Ende nehmen wollte. Die Augen traten weiß und rund hervor wie hüpfende Tischtennisbälle. Aus seinem umherwirbelnden Pica spritzte Urin.

Das Schrecklichste aber war seine Gesichtshaut. Sie zeigte eine furchtbare Schneise der Verwüstung, verursacht durch die glühendheißen Längsstreben des Grillrostes. Dort, wo das Metall sich in seine Haut gebrannt hatte, war das Fleisch des Gesichts freigelegt. Es war bis fast auf den Schädelknochen hinunter weggebrannt und schwarz verkohlt. Seine schwere Halskette schabte über den Boden, umhergeschleudert von seinen krampfhaften Bewegungen.

„So strafe ich!" sagte Luca. Merkwürdigerweise war er völlig gefasst und wirkte ganz ruhig. So, als hätte er nur mal kurz eben einem kleinen ungezogenen Jungen den Po versohlt. Er verschränkte die muskulösen Arme vor seiner breiten Brust. Tätowierte Symbole leuchteten schwarz im Feuerschein. Das Feuer schien jetzt wieder neue Nahrung erhalten zu haben und flackerte wie ein Kamin in der Hölle.

„So strafe ich!" erklärte Luca noch einmal. Er suchte sich für seine Worte die kurzen Pausen aus, die entstanden, wenn sein Opfer Luft holen musste und gerade einmal nicht schrie wie am Spieß.

Luca zeigte mit dem Finger auf den Mann, der sich in unvorstellbaren Schmerzen am Boden wälzte wie ein mehrfach mit Schrapnell-Munition wund geschossenes Tier. „Ab heute trägst du das Mahnmal der Schande!" sagte er ernst. „Deine Fresse ist gestreift vom Zeichen des Feuers! Du bist das Zebra! Jeder darf dich ungestraft so nennen, ob Mann, Frau oder Kind. Wenn du das nicht willst, hast du die Wahl zu sterben oder abzuhauen für immer. So strafe ich Leute, die sich über mich erheben! So straft Luca, der Herr über Leben und Tod, der neue Gott des Ghettos!"

Die Umstehenden raunten und flüsterten ehrfürchtig. Luca, die rechte Hand des Bosses, hatte in aller Deutlichkeit gezeigt, dass mit ihm nicht zu spaßen war. Er hatte ein Zeichen gesetzt. Ein Zeichen, das jetzt für immer das Gesicht des Aufmüpfigen zieren würde. Zumindest solange dieser am Leben blieb.

Luca nahm eine Flasche von einem Mauervorsprung. Sie war mit Aguardente gefüllt und fast voll. Abschätzend hielt er sie vor seine Augen und ließ den Zuckerrohrschnaps in der Flasche umherplätschern.

„Ich bin kein Unmensch!" wandte er sich an das Publikum. „Ich bin sogar ein guter Mensch und kümmere mich um die Wunden, die ich verursacht habe. Ich desinfiziere sie! Ich reinige das Zeichen!" Kaum ausgesprochen, bückte er sich zu dem wimmernden Grillmann hinab, der jetzt das „Zebra" war. Er goss ihm den Schnaps übers Gesicht.

Dessen Körper versteifte sich augenblicklich zu einer kerzengeraden Haltung. Am Boden liegend, schluchzte der Grillmann erstickt vor sich hin. Es klang, als würde er sein eigenes Gedärm auskotzen.

„Es brennt ein wenig. Na klar brennt es!" stellte Luca trocken fest, während er sorgfältig die letzten Tropfen Aguardente über dem Gepeinigten ausschüttete. „Das säubert die Wunden, du wirst schon sehen. Sei froh, dass ich dafür Schnaps genommen habe... und keinen Toiletten-Reiniger! Der wäre für dich Scheißhaus eigentlich angemessener gewesen. Aber mach dir nichts daraus. Bald wirst du wieder wie früher sein! Nur vielleicht etwas leiser und zurückhaltender – zumindest wenn ich da bin. Und..." Er grinste unschuldig und ließ den Blick über die Menge schweifen. „Und natürlich ein kleines bisschen... gestreifter."

Einige Typen lachten. Vor allem diejenigen, die als besonders abgebrüht und skrupellos gelten wollten. Sie erhofften sich die Aufmerksamkeit Lucas, indem sie seiner Grausamkeit Beifall zollten.

„Natürlich erwarte ich eine kleine Bezahlung für die Mühe, die mir die Desinfektion deiner Wunden bereitet hat!" sagte Luca zu dem Grillmann, der sich am Boden umherwälzte. Er stellte sein rechtes Bein auf dessen Brust und schränkte damit für einen Augenblick dessen Bewegungen ein. Nur für so lange, wie er brauchte, um ihm die Halskette aus Edelmetall abzunehmen. Interessiert betrachtete er sie und hängte sie sich dann kurzerhand selbst um.

Angelina verbarg ihr Gesicht an der Schulter Daniels. „Das ist schlimm!" flüsterte sie, heiser vor Bestürzung und Tränen. „Wie konnte er nur so etwas tun?"

Daniel tätschelte ihren Nacken. Er presste seine flache Hand gegen ihren Rücken, als wolle er sie damit stärken. „Das ist... wie eine Image-Kampagne", erklärte er schlicht. Sein Mund befand sich nur wenige Zentimeter von ihrem Ohr entfernt. Ein süßes, kleines, rundlich geformtes Organ mit einem winzigen silbernen Knopf im linken Ohrläppchen. „Luca stärkt damit seinen Ruf und seine Marke als brutaler Macher der Gang. Jeder weiß jetzt wieder, dass er der Schlimmste von allen ist. Keiner wird in nächster Zukunft auf die Idee kommen, sein Missfallen zu erregen."

„Wir müssen ihm helfen!" stieß Angelina hervor. Entschlossen packte sie Daniel am Oberarm. „Der stirbt sonst vielleicht!" Fassungslos sah sie, wie sich Luca und die meisten vom Party-Mob von der Grillstelle entfernten. Sie wollten mit dem am Boden liegenden, schreienden Verbrennungsopfer nichts mehr zu tun haben. Wohl scheuten sie auch den Gestank nach brennender Scheiße, den der Grill nach wie vor verströmte.

Nur zögernd folgte Daniel seinem Mädchen, das schnurstracks auf den Verletzten zuging und sich neben ihn hinkniete. Niemand hinderte Angelina daran. Keiner der anderen schien überhaupt Notiz von ihrer Hilfsbereitschaft zu nehmen. Es war, als gäbe es urplötzlich eine unsichtbare Mauer zwischen der dramatischen Situation am Feuer und den Partygästen.

Während sie ein Taschentuch hervorzog und versuchte, dem Grillmann damit das Gesicht abzutupfen, stellte jemand die Musik wieder an. Als wäre nichts gewesen, hämmerten gleichmäßige Hip-Hop-Bässe über die Dächer Rocinhas.

Das Taschentuch war aus billigem, dünnem Baumwollstoff. Es blieb an den Brandwunden kleben. Der Grillmann schluchzte jetzt fast lautlos und mit schmerzhaft verzerrtem Gesicht. Wenn er nicht bald in ärztliche Behandlung kam, stand es schlecht um ihn. Angelina kannte ihn nicht, nicht einmal vom Sehen. Sie wusste nur, dass er den Rocinha Ghosts angehörte. Oder angehört hatte. Es stand aber außer Frage für sie, dass sie ihm jetzt helfen musste. Ganz egal um welchen Preis!

„Wir müssen ihn zu einem Arzt bringen!" rief sie und blickte hektisch zu Daniel hoch. Er stand neben ihr und kratzte sich das Kinn.

„Meine Schwester, ganz der eifrige Schutzengel, was?" schnarrte eine kratzige, kalte Stimme. Gustavol.

Ihr älterer Bruder machte ein paar Schritte auf sie zu, bis er dicht vor ihr und Daniel stand. Das knisternde Feuer des Grills zauberte ein hypnotisch flackerndes Muster auf sein arrogantes Gesicht.

„Gustavol! Du hast doch ein Motorrad?" drängte Angelina. „Komm schon, fahr uns!"

Gustavol tippte sich an die Stirn und schwieg.

„Wo ist der Boss?" fragte Daniel und sah ihn kopfschüttelnd an. „Er müsste doch längst hier sein. So etwas hätte er nicht zugelassen, wenn er hiergewesen wäre."

„Das hätte er wohl nicht, nein. Im Gegensatz zu Luca war der Boss ein Lamm", sagte Gustavol. Er sprach so langsam und bedächtig, als würde er sich jedes seiner Worte sorgsam zurechtlegen, bevor es seinen Mund verließ.

Daniel stutzte. „Wieso war?"

Gustavol war allem Anschein nach breit wie eine mehrspurige Autobahn. Offenbar hatte er mit Alkohol und Drogen tüchtig nachgelegt seit ihrem Treffen vorhin.

Mühsam fischte er ein Päckchen Zigaretten aus seiner Hosentasche. Er klopfte auf den Schachtelboden, senkte den Kopf und nahm eine Zigarette mit den Lippen auf. Den kalten Glimmstengel im Mund, tastete er seine Hose nach einem Feuerzeug ab. Schließlich fand er eines. Nach mehreren vergeblichen Versuchen glomm daraus eine Flamme hervor. Als die Zigarette brannte, sog Gustavol den Rauch tief in die Lungen und exhalierte.

„Was ist mit Triple-Ice? Wo ist der Boss?" hakte Daniel nach. Doch er ahnte bereits, dass etwas passiert war. Ein Putsch!

Seine böse Ahnung erhielt ihre bittere Bestätigung, als Gustavol kicherte. Es klang wie das böse Gelächter einer Hyäne, die sich über den Anblick von neu entdecktem Aas freut. „Triple-Ice ist Geschichte", sagte Gustavol und rauchte genüsslich. „Diese Fotze war einmal."

„Ihr habt ihn… umgelegt?" brachte Daniel mühsam hervor.

„Man merkt, dass du nicht nur nicht zur Gang gehörst, sondern von Tuten und Blasen wirklich keine Ahnung hast", entgegnete Gustavol verächtlich. „Nun ja, von Letzterem vielleicht schon. Meine kleine Schwester bumsen, das kannst du!"

„Ihr habt ihn also getötet?" stellte Daniel erschüttert fest. Triple-Ice war alles andere als ein Waisenknabe gewesen. Doch er hatte immerhin für Sicherheit und Stabilität gesorgt. Seine Ermordung genau am heutigen Abend der Ghost Night war ein überaus skrupelloses Vorgehen seiner Gegner.

„Eine Party feiert der nicht mehr, soviel steht mal fest!" lächelte Gustavol. Wobei ein Lächeln bei ihm wie ein heimtückisches Zähne-Fletschen aussah. „Wenn, dann vielleicht eine in der Hölle."

„Wann ist es passiert? Und wie? Wer hat ihn getötet?" wollte Daniel wissen.

„Das geht dich einen Scheißdreck an!" antwortete Gustavol ungerührt. „Sei froh, dass du hier ein paar Fürsprecher hast! In meinen Augen bist du nicht mal ein richtiger Supporter unserer Gang. Es steht dir nicht zu, irgendwelche Fragen zu stellen. Aber wenn es dich beruhigt und deinen tuntigen kleinen Arsch etwas entspannt…" Er lachte dreckig und sog an der Zigarette. „Wer genau ihn abgeknallt hat, tut nichts zur Sache. Es war richtig, dass es heute passiert ist. Wir haben es auch den paar Fotzen, die hundertprozentig zu ihm gehalten haben, zur gleichen Zeit richtig besorgt. Dieser Jammerlappen da…" Er wies auf den stöhnenden Grillmann, der jetzt Zebra hieß. „Der war einer seiner Zöglinge und musste zurechtgestutzt werden. Hätte längst schon geschehen sollen. Luca hat vielleicht etwas überreagiert. Aber es hat seinen Zweck erfüllt. Luca ist der neue Boss! Wer sich gegen ihn auflehnt, ist erledigt!" Er sah Daniel herausfordernd und abschätzend an.

Mit einem Mal überlief es Daniel heiß und kalt. Er hatte diesen Luca noch nie gemocht, was wohl auf Gegenseitigkeit beruhte. Plötzlich waren die Karten neu gemischt. Es war nicht mehr sicher hier auf der Party, falls es das vorher überhaupt gewesen war. Keiner wusste, wer bald als Nächster dran war. Mit der Hinrichtung von

Triple-Ice und seinen engsten Gefolgsleuten waren die Mächtigsten der Gang ausgeschaltet. Die ehemals rechte Hand des Ex-Bosses war nun der neue Boss. Doch was, wenn weitere Ermordungen und Folterungen anstanden? Was, wenn Luca schon beschlossen hatte, vorsorglich noch andere Figuren aus dem Spiel zu entfernen, bevor sie ihm unbequem oder gefährlich werden konnten? Ein Machtwechsel innerhalb der Gang zog immer auch weitere Unruhen und Intrigen nach sich. Dem begegneten die neuen Machthaber am liebsten durch unerhörte Brutalität und das Zeigen extremer Härte.

Gustavol schien trotz seiner Benebelung genau zu spüren, dass die neue Personalstruktur der Gang ihm mehr Macht gegenüber Daniel verlieh. Ohnehin war er zutiefst eifersüchtig auf den „Bock" seiner Schwester, wie er Daniel insgeheim bezeichnete. Nicht wissend, dass es erst der heutige Abend war, an dem Daniel Angelina sehr nahe gekommen war. Zu oft war Gustavol selbst schon scharf auf sie gewesen. Von frühester Jugend an hatte er danach getrachtet, sie zu bespringen. Unzählige Male schon hatte er sich einen runtergeholt beim Gedanken daran, es seiner Schwester einmal so richtig zu besorgen. Durch ihre Wachsamkeit und ihre geschickten Ausweichversuche war ihm das bisher immer verwehrt geblieben. So beäugte er nun jeden jungen Mann mit Misstrauen und Bosheit, der auch nur die geringste Chance hatte, bei seiner Schwester zu landen.

Dass nicht nur Daniel, sondern auch Angelina ihn anstarrte, gefiel Gustavol. Er musste neues Holz nachliefern, wenn er ihr brennendes Interesse an seinen Informationen am Leben halten wollte. So legte er nach und verkündete stolz: „Heute Abend wurde Triple-Ice zusammen mit seiner Freundin und zwei seiner guarda-costas zusammengeschossen. Es gab keinen großartigen Plan oder so. Man ging zu ihm nach Hause und wartete, bis er mit den anderen im Auto saß. Dann kamen ein paar soldados. Sie tauchten vor dem Auto auf. Da es Rocinha Ghosts waren, schöpfte Triple-Ice keinen Verdacht. Als er das Fenster herabließ, um zu fragen, was sie denn wollten, fingen sie an mit dem kleinen guerra. Der dauerte nur sehr kurz. Es kam keine Gegenwehr. Die hatten nicht einmal genug Zeit zum Schreien. Das Auto", Gustavol schnippte die halbgerauchte Zigarette weg und suchte nach etwas Alkoholischem, „war nur noch so eine Art qualmende Metallbox mit Hackfleisch drin!"

Daniel hatte einen trockenen Mund und schluckte. Sein Adamsapfel hüpfte auf und ab. Angelina, die immer noch am Boden neben dem Verletzten kniete, klopfte ihm gegen die Wade. „Es ist dringend!" bat sie. „Wir müssen los, sonst ist es bald zu spät!"

Gustavol hatte eine Dose Bier gefunden und knackte sie mit geübtem Handgriff. „An so einem Kratzer stirbt der doch nicht!" lachte er und goss sich das schäumende Gebräu in den Rachen. Nachdem er getrunken hatte, wischte er sich mit dem Handrücken über den Mund und prustete: „Mehr noch, der sollte Luca dankbar sein für die Verschönerung! Jetzt sieht seine Fresse wenigstens interessant aus! Jede Bitch, mit der er in Zukunft vögelt, wird ihn fragen, woher er denn diese krassen Narben her hat! Das heißt, wenn er noch eine finden sollte, die es ohne Augenbinde mit ihm treibt – potthässlich, wie er ist!" Sein Lachen klang humorlos und grenzenlos gemein und schäbig.

Daniel sah zu Angelina hinunter, die sich in verzweifelter Hilfsbereitschaft um den gebrandmarkten Grillmann kümmerte. Er wandte sich Gustavol zu und blickte diesem direkt und streng ins Gesicht: „Komm schon, Gustavol! Fahr ihn mit deinem Motorrad zu einem Arzt!"

„Von wegen! Ihr seid wohl nicht ganz dicht. Sprit vergeuden für diese Fotze!"

„Na, so mies kannst du doch nicht sein! Ihr habt euren Spaß gehabt. Der Typ ist fix und fertig. Jetzt zeig mal etwas Herz, Gustavol!"

Gustavol tippte sich an die Brust und meinte ungerührt: „Wenn ich mal erschossen werde und auf dem Seziertisch liegen sollte, dann zeige ich mein Herz… Wenn der Leichenfledderer mit dem Skalpell an mir herumschnippelt!"

„Fahr ihn mit deinem Motorrad zum Doktor! Ich als deine Schwester bitte dich darum!" mischte sich Angelina ein. Ihre Stimme zitterte angesichts der Tragik der Umstände und der Infos über die Ermordung des alten Bosses. Ihre Freundin Giovanna hatte ihn persönlich gekannt und seinen Schutz genossen. Was würde jetzt aus ihr werden?

Wo war Gio überhaupt? Angelina zwang sich, sich nicht nach ihrer Freundin umzusehen. Sie sah ihren kaltherzigen Bruder mit tränenfeuchten Augen an.

„Was kümmert der dich überhaupt? Hast du es mit dem schon getrieben? Mit dem hübschen Zebra?" lallte Gustavol grinsend und trank einen tiefen Zug aus der Dose.

Scheißkerl! fluchte Angelina stumm in sich hinein. Laut sagte sie: „Gustavol! Das hier ist nicht die Zeit für blöde Scherze. Wenn du nicht mehr selbst fahren kannst, gib uns die Schlüssel!" Sie streckte die Hand aus.

Gustavol trank in Ruhe die Bierdose leer. Er warf sie in hohem Bogen weit von sich vom Dach. Irgendwo dort unten schepperte es. „Was kriege ich dafür?" fragte er und glotzte seine Schwester unverschämt lüstern und mit blutunterlaufenen Augen an. „Willst du mein Standgebläse sein, Schwesterchen?"

Langsam stand Angelina auf. Sie schaute ihren Bruder an. Der stand auf wankenden Beinen da. Er versuchte abermals, eine Zigarette hervor zu klauben und anzuzünden. Sie senkte den Blick und besah sich das wimmernde Opfer am Boden. Das arme Schwein war ein Fall für die Spezialisten. Die Zeit drängte.

Fassungslos sah Daniel zu, wie sein Mädchen auf diesen schmierigen kleinen Gangster zuschritt. Sie flüsterte ihm etwas ins Ohr. Sagte ihm wahrscheinlich, was er später kriegen würde, wenn er einlenkte.

Gustavol blickte seine Schwester mit glasigen Pupillen an. In seinem durch Drogen frittierten Gehirn schien etwas zu arbeiten, aber das konnte auch täuschen. Dann nickte er schließlich und nestelte an seiner Hose herum. Dort war an einer Gürtelschlaufe ein Schlüssel befestigt. Der Motorrad-Schlüssel.

„Hier!" brummte er und warf Angelina den Schlüssel zu. „Ich habe keinen Bock, das Zebra zum Viehdoktor zu fahren… Du fährst!" Er zeigte mit dem Finger auf Angelina, die den Schlüssel geschickt aufgefangen hatte. „Das Arschloch da…" Er schwenkte den Finger in Richtung Daniel. „Das Arschloch lenkt mein Motorrad aber nicht! Alles klar?"

„Okay, okay!" seufzte Daniel anstelle von Angelina. „Ich sitze hinten und halte ihn während der Fahrt fest, damit er nicht runterfällt."

Angelina und Daniel verloren keine Zeit und packten den übel zugerichteten Mann an Armen und Beinen. Gemeinsam schleiften sie ihn die Feuertreppe hinab. Weder wurden sie daran gehindert noch wurde ihnen geholfen. Die Party ging unbekümmert weiter. Abseits der Grillstelle wurde weiter getrunken, gelacht und gefressen. Mehrstimmiges Lallen und grobes Gelächter verrieten, dass das Fest seinem komatösen Finale nahe war.

Gustavols Motorrad war eine alte japanische Tourenmaschine mit einem halben Liter Hubraum. Sie besaß einen breiten Sozius-Sitz aus abgewetztem Leder. Zu dritt würden sie Platz finden auf dem Ding, das war nicht die Frage. Das Problem war nur: Würden sie den jammernden Kerl während der Fahrt auf dem Motorrad halten können? Ein Sturz bei hoher Geschwindigkeit würde ihm den Rest geben.

Als Angelina hinter dem Lenker Platz genommen hatte und Daniel sich bemühte, das Verbrennungsopfer auf dem Motorradsitz hinter ihr im Gleichgewicht zu halten, tauchte Giovanna auf.

„Gio!" stieß Angelina hervor. Ihr angespanntes, müdes Gesicht erhellte sich für einen kurzen Augenblick.

„Angelina, mein Schatz!" antwortete Giovanna und drückte ihr einen Kuss auf die Wange. „Habt ihr euch schön vergnügt in dem Bus? Und habt ihr die Sache mit der Erschießung von Triple-Ice mitbekommen?"

Angelina nickte. „Wo warst du? Wir haben dich nirgends gesehen."

„Naja…" Giovanna wippte verlegen auf ihren sexy Schuhen hin und her. „Ich habe mich mit ein paar Typen unterhalten, als ihr weg wart. Da habe ich von dem neuen Weg erfahren, den die Gang jetzt geht… Und es für richtig gehalten, mich mit dem einen oder anderen vorab gut zu stellen. Du weißt schon, wegen meinem Geschäft. Ohne Schutz ist es nicht so einfach."

„Gio, hilf mir!" Daniel versuchte krampfhaft, den fast bewegungsunfähigen Verletzten halbwegs gerade auf der Maschine zu halten. Giovanna ging ihm zur Hand. Zusammen schafften sie es, den Kerl einigermaßen stabil zu halten. Er lehnte sich gegen Angelina, die das Motorrad fahren würde. Schon jetzt zeigten sich hässliche Flecken von Blut und Ruß auf ihrem weißen Shirt, verursacht durch sein zerstörtes Gesicht. Er stank scharf nach dem Aguardente, mit dem ihn Luca begossen hatte.

Ganz hinten saß jetzt Daniel. Er würde sich bemühen, den Verletzten mit der Kraft seiner Knie und Oberschenkel auf dem Sitz zu halten. Ein Auto wäre natürlich praktischer gewesen. Doch nur einige der Gangmitglieder besaßen eins. Es war nicht nur sehr unwahrscheinlich, dass sie ihr Auto zur Verfügung gestellt hätten, um dem von ihrem neuen Boss Luca Bestraften zu helfen. Allein das Unterfangen, sie um Hilfe zu bitten, hätte sehr viel Mut, Leichtsinn und Lebensmüdigkeit erfordert.

Giovanna legte Angelina den Arm um die Schulter. „Wo fahrt ihr hin?" wollte sie wissen. „Dann komme ich nach. Wir sehen uns später, okay?"

Angelina zog eine hellgraue Karte hervor, die etwas zerknickt war. Moderna Nossa Senhora Hospital las Giovanna im schummerigen Licht der Sterne und einer trüben Neonröhre.

„Das große Hospital? Dort warst du doch heute Morgen?" fragte sie verwundert. „Es ist ziemlich weit weg. Tief in der City!"

Angelina nickte. Sie startete die Maschine. Mit einem kernigen lauten Knurren sprang sie an. Das Motorengeräusch wurde sogleich etwas leiser und ging in ein dunkles Bollern über. Angelina drehte mit angezogener Bremse den Lenkergriff. Sie spielte ein paarmal mit dem Gas. Ein Blick auf die Tankanzeige zeigte ihr, dass der Tank noch gut halbvoll war.

„Diese gemeine Schlampe von Ärztin ist mir noch etwas schuldig!" sagte sie grimmig. „Ich löse die Schuld ein. Sehr viel früher als die sich das gedacht hat! Es ist ein gutes Krankenhaus. Ich hoffe, dass wir eine Vorzugsbehandlung kriegen! Vielleicht sogar eine kostenlose."

„Geht es?" Daniel packte das Opfer am Genick und schüttelte es etwas. „Verstehst du mich? Bleib bei Bewusstsein, hörst du? Halte dich fest! Falle nicht von der Maschine! Wir helfen dir. Wir bringen dich ins Hospital!" Der Angesprochene gab kein Lebenszeichen von sich außer einem bemitleidenswerten Ächzen. Die freigelegten, rotschwarzen Streifen auf seiner Gesichtshaut rochen ekelerregend nach verbranntem Menschenfleisch. Sie würden auch irgendwann nach Wundbrand und Eiter riechen, wenn er nicht bald ärztliche Versorgung bekam.

„Ihr müsst los!" Giovanna klopfte ihrer Freundin aufmunternd auf die Schulter. „Fahrt vorsichtig, trotz allem!"

Angelina nickte kurz und knapp. Wieder drehte sie bei gezogener Bremse am Gas. Sie testete, ob sie mit beiden Beinen einen stabilen Halt am Boden hatte. Daraufhin löste sie den Seitenständer. Langsam nahm sie die Finger von der Bremse. Die Maschine setzte sich in Bewegung. Zunächst polterte sie im Schritttempo über den spärlich mit Gras bewachsenen Weg, der durch die Favela talwärts führte. Schließlich gewann das Motorrad an Fahrt.

Giovanna winkte ihnen nach, bis sie hinter einer windschiefen Werbetafel verschwunden waren. Sie nahm sich vor, sich noch ein kleines bisschen anzutörnen, um den wilden Ereignissen des Abends die bittere Schärfe zu nehmen. Mit wackelndem Hintern stöckelte sie zur Party zurück, wo sie von einem lauten Männerjohlen begrüßt wurde.

10: HEIMKEHR UND HURENLOHN

Vitória schloss die dünne Tür ihrer Hütte auf. Drinnen empfing sie eine schwülwarme Dunkelheit. Sie knipste die Neonröhre und den Standventilator an. Grelles weißes Licht erhellte den Raum. Eine elektrisch erzeugte sanfte Brise brachte die erhitzte Luft in Bewegung. Vitória bemühte sich, den großen Spiegel zu ignorieren, der an die Wand gelehnt war. Derselbe Spiegel, vor dem sich ihre Tochter noch vor wenigen Stunden kritisch begutachtet hatte.

Sie wollte nicht sehen, wie sie aussah. Nicht jetzt, nicht so beschmutzt. Zwar hatte sie noch im Gästezimmer von Jorge Javalis Villa geduscht. Aber das war nur flüchtig gewesen und unter einem selbst auferlegten Zeitdruck. Es hatte sie gedrängt, möglichst rasch dem Ort des perversen Gruppensexes zu entfliehen. Außerdem hatte sie befürchtet, dass das Schwein es sich anders überlegen könnte und ihr in dem Haus weiter nachstellte. So war sie dann, das verdiente Geld sorgsam in der Handtasche verstaut und mit noch nassen Haaren aus der Villa gelaufen.

Der Stadtbus hatte sie nach Hause gebracht. Als sie die Favela Rocinha erreichte, waren ihre Haare in der milden Nachtluft schon getrocknet, wenn auch etwas wirr und ungekämmt gewesen.

Vitória ging in das kleine Kabuff, welches als Badezimmer benutzt wurde. Sie ließ das Wasser laufen. Erst war es ein spärliches Rinnsal, das aus dem rostigen Hahn in den großen Bottich rann. Aber es wuchs schnell zu einem beachtlichen Strahl. Das Wasser war sauber. Anders als in Javalis Villa war es ziemlich kalt. Dort waren sogar die Armaturen des Gäste-Badezimmers vergoldet. Doch hier, in ihrem bescheidenen Zuhause, fühlte sie sich wohler.

Sie zog sich nackt aus. Ihre Scheide und ihr Anus schmerzten. Zu viele geifernde Männer waren an diesem Abend in sie eingedrungen. Sie hatten mit ihren steifen, spermatropfenden Schwänzen in ihr gewütet wie eine Horde tollwütiger Affen im Regenwald. Vitória schüttete Duschgel aus einer Flasche über ihren Kopf. Sie begann, sich damit Haut und Haare einzuseifen. Endlich! Diese zweite, sehr gründliche Dusche würde den Schmutz der vergangenen Stunden von ihr waschen. Vielleicht würde sie auch etwas von den Demütigungen fortspülen, die sie erlitten hatte.

Wobei sie natürlich wusste, dass es ein fairer Handel gewesen war, in den sie freimütig eingewilligt hatte. Der wunderbare kleine Stapel Real-Scheine fühlte sich gut an in ihrer Handtasche. In stiller Ängstlichkeit hatte sie auf der Fahrt hierher gehofft, unbeschadet und ohne überfallen zu werden nach Hause zu gelangen. Dank sei dem Herrn, dass alles glatt verlaufen war! Sie hatte ihren hartverdienten Hurenlohn sicher nach Hause gebracht.

Vitória rieb sich Duschgel auf ihre Scham. Sie steckte vorsichtig Ring- und Mittelfinger in ihre Scheide und rieb etwas von der Seife hinein. Die inneren Schamlippen fühlten sich an wie wundgescheuert. Der schlimmste Bock von allen war Jorge Javali selbst gewesen. Mit seinem großen, krummen Schwanz war er in sie eingedrungen. Er hatte sie gnadenlos und unbekümmert gebumst, als war dies sein Geburtsrecht und das Natürlichste auf der Welt.

Und sie selbst – war sie jetzt eine waschechte Nutte geworden?

Sie verdrängte diesen Gedanken und auch die bangen Gefühle, die sie beschlichen, wenn sie daran dachte, morgen wieder zur Arbeit zu erscheinen. Als Haushälterin, in Jorge Javalis Villa. Würde der Saukerl sie fortan nicht wie selbstverständlich bespringen wollen, wann immer ihm danach war? Das Geld, das er ihr gezahlt hatte, war nicht nur der Lohn für den gottlosen, viehischen Sex gewesen, den sie mit ihm und seinen Gästen gehabt hatte. Es hatte auch Signalwirkung: Ab jetzt war der Damm gebrochen. Die Regeln des Anstandes waren außer Kraft gesetzt. Einmal Hure, immer Hure. Sie hatte bewiesen, dass sie käuflich und für eine bestimmte Summe für jede Schweinerei zu haben war.

Mit zusammengebissenen Zähnen seifte sich Vitória den Hintern ein. Vorsichtig streichelte sie über das schrumpelige Loch. Es war längst wieder auf die Größe eines Stecknadelkopfes zusammengeschrumpft. Der Schließmuskel war heil geblieben, obwohl diese Tiere auch über ihren Hintereingang hergefallen waren wie Diktatoren über einen wehrlosen Zwergstaat!

Sie ertappte sich beim Gedanken daran, dass das alles auch Gewohnheitssache und bei Tage betrachtet wohl gar nicht mal so schlimm war. Tat ihr Körper denn nicht auch überall weh, wenn sie einmal zehn Stunden lang Großreinemachen hinter sich hatte? Schmerzten einem nicht alle Knochen im Leib, wenn man in einer Fabrik am Fließband ackerte und immer die gleichen Bewegungen vollführte?

In der Tat, es war leichtverdientes, gutes Geld! Für den Lohn der Rammelei in Jorge Javalis Haus hätte sie unter anderen Umständen tagelang oder sogar wochenlang schuften müssen. Und das in miesen Billig-Jobs, die entweder sehr anstrengend oder gesundheitsgefährdend waren.

Vitória drückte ihre schaumigen Schenkel zusammen. Sie schaffte es, einige Tropfen Urin aus ihrer Scheide zu pressen. Schließlich folgte doch noch ein ausgiebiger gelber Strahl. Sie pisste auf die Fliesen und goss dabei mit dem Plastikeimer Wasser aus dem Bottich. So blieb das Badezimmer sauber. Mit dem Urin reinigte sie ihre Scheide von innen, so hoffte sie jedenfalls. Der Geruch und die Erinnerungen an die verschiedenen Männerschwänze wurden dadurch mit etwas Glück fortgespült.

Doch nach dem Spiel war vor dem Spiel. Vitória wusste, dass dies alles nur allzu leicht der Einstieg und Auftakt gewesen sein konnte zu einem vielversprechenden Gelderwerb. Und zum Übergang auf den steinigen, rot beleuchteten Pfad der Hurerei.

11: DIE GEILE ALTE MIT DER KALTEN SPALTE

Das Motorrad schoss röhrend durch die Nacht. Der Motor unter ihnen grollte heiß und laut wie ein wütender kleiner Metall-Drache. Kühler Fahrtwind wühlte sich in Haare und Kleidung. Er klärte die Gedanken und schärfte die Sinne.

Während Angelina ununterbrochen das dunkelgraue Asphaltband der Straße vor sich im Blick hatte, sah Daniel mehrmals kurz nach oben. Gelbe Neonlichter von hohen Straßenlaternen flogen an seinen Augen vorbei. Dahinter gähnte die schwarze Unendlichkeit des Nachthimmels, gespickt von Millionen von Sternen.

Das Moderna Nossa Senhora Hospital war nicht schwer zu finden, zumal Angelina es noch am Vormittag per Bus besucht hatte. Es lag an einer der Hauptverkehrsstraßen. Jetzt, in tiefster Nacht, war der Verkehr erträglich geworden. Mit dem Motorrad kamen sie gut voran. Angelina wagte es nicht, während dem Fahren auf ihre Armbanduhr zu sehen. Sie schätzte aber, dass sie im Vergleich zu dem Stadtbus heute Morgen nicht einmal ein Viertel der Zeit benötigte, um ans Ziel zu gelangen.

Plötzlich tauchte das Krankenhaus zwischen den Werbeplakaten, Neonschriften und erleuchteten Fassaden der Bürogebäude auf. Es erschien wie eine rettende Oase in steiniger Wüste. Angelina nahm die breite Auffahrt ins Visier. Dort fuhr gerade ein Krankenwagen in gemächlichem Tempo auf das Eingangsportal zu. In wenigen Sekunden hatten sie ihn überholt. Mit laut grollendem Motor rasten sie über die Betonpiste. Erst auf halber Strecke nahm Angelina die Hand vom Gas und ließ die Maschine langsamer werden.

Kaum hatte sie gestoppt und den Motor abgestellt, kippte ihr als „Zebra" gebrandmarkter Fahrgast vom Sitz. Angelina war damit beschäftigt, den Ständer des schweren Zweirads herunterzuklappen. Daniel schaffte es nicht alleine, den Typen aufzufangen. Er sank auf den Boden, leblos, mit leicht geöffnetem Mund und geschlossenen Augen. Der Krankenwagen, den sie soeben überholt hatten, hielt neben ihnen.

„Oh!" sagte ein Sanitäter durchs heruntergelassene Seitenfenster. „Da braucht wohl jemand Hilfe!" Er stieg aus. Sogleich war auch sein Kollege zur Stelle. Offensichtlich hatten sie momentan keinen eiligen Krankentransport zu machen. Sie öffneten die Heckklappe ihres Wagens und schleppten eine Trage herbei. Das Zebra wurde darauf gelegt und festgezurrt.

„Ist er besoffen? Er stinkt ja nach Schnaps wie eine ganze Fernfahrerkneipe!" stellte der eine Sanitäter fest und rümpfte die Nase.

„Er hat doch eine Krankenversicherung, oder?" fragte der andere Sanitäter. Er hob die Trage an. Sein Kollege tat es ihm nach. Sie setzten sich in Bewegung.

„Sozusagen schon, ja", antwortete Angelina vorsichtig. Sie zog die Visitenkarte hervor, die sie am Vormittag erhalten hatte. „Wo finde ich sie? Ist sie in ihrem Büro?"

„Wer?" entgegnete einer der beiden ungeduldig.

„Frau Doktor Bianca Águia!"

„Es gibt hier viele Ärzte. Woher sollen wir das wissen? Fragen Sie beim Empfang nach ihr." Immerhin verschwanden die beiden Sanitäter rasch durch das Eingangsportal im Inneren des Krankenhauses. Hilfsbereitschaft schien hier also durchaus Vorrang zu haben vor anderen Belangen. Wenn das Zebra Glück im Unglück hatte, so stand ihm eine gute ärztliche Behandlung bevor.

Zunächst galt es, die Hürde am Empfang zu nehmen. Trotz ihres am Rücken blutverschmierten T-Shirts und ihrer wirren Haare ging Angelina unbeirrt und selbstbewusst auf die Empfangsdame zu. Diese saß hinter dem hohen Tresen vor ihrem Computerbildschirm. Sie warf ihr einen teilnahmslosen Blick zu.

„Wo ist Bianca Águia?" fragte Angelina etwas außer Atem. Nur allzu deutlich roch sie jetzt den starken Alkoholgeruch, den ihr Shirt verströmte. Durch den Fahrtwind hatte sie ihn kaum bemerkt. Jetzt zeigte sich, dass das Zebra ihr das Shirt nicht nur mit Blut eingesaut hatte, sondern auch mit dem unverwechselbaren Aroma des Aguardente.

„Wer?" Die Empfangsdame hob die Augenbrauen.

„Frau Doktor Águia", erklärte Angelina. „Ich kenne sie. Dies ist ein Notfall! Ich brauche ihre Hilfe!" Sie zeigte die Visitenkarte her.

Die Dame nahm sie zögernd in die Hand und musterte sie. „Einen Augenblick bitte!" sagte sie nach ein paar Sekunden und griff nach dem Telefonhörer.

Während sie kurz und leise telefonierte, sah sich Angelina nach den Sanitätern um. Sie hatten die Trage mit dem Zebra an einer Steinsäule nahe dem Lift abgestellt. Abwartend standen sie daneben.

Daniel legte unauffällig seinen Arm um Angelinas Schultern. Er drückte behutsam und ermutigend ihren schmalen Bizeps. „Das wird schon!" flüsterte er. „Keine Sorge, das kriegen wir schon hin. Der Kerl wird dir ewig dankbar sein für diese Rettungsaktion." Angelina sah ihm tief in die Augen und sandte ihm stumme Signale des Dankes: Wie schön von dir, dass du mitgekommen bist und mir hilfst! Dass du dich nicht in eine gleichgültige Coolness zurückziehst wie die anderen. Dass du so ein großes Herz hast… in dem vielleicht auch viel Platz für mich ist!

Die Empfangsdame war fertig mit ihrem Telefonat. „Sie haben Glück!" sagte sie. „Die Frau Doktor hätte zwar längst schon Feierabend. Sie ist aber noch im Haus bei der Arbeit. Gleich kommt sie." Ungerührt wandte sie sich wieder ihrem PC zu. Nicht einen einzigen Blick hatte sie auf die Tragebahre mit dem Verbrennungsopfer verschwendet.

„Hoffentlich gibt das keinen Ärger mit Luca und der Gang!" sagte Daniel so leise, dass niemand ihn hören konnte außer Angelina.

„Die haben doch gesehen, dass wir uns um ihn kümmern. Sie hätten es verhindern können, wenn sie dagegen gewesen wären."

„Das schon. Aber Luca ist launisch und unberechenbar. Wenn er schräg draufkommt, kann es sehr ungemütlich werden."

„Hm, wir werden sehen." Angelina wischte sich eine verschwitzte blonde Haarsträhne aus der Stirn. „Er wird in nächster Zeit andere Sorgen haben. Noch ist sein Putsch nicht in der ganzen Favela bekannt geworden. Er muss erst mal alle soldados um sich scharen. Checken, wer alles auf seiner Seite steht und wer nicht. Ich glaube, dass wir erst mal Ruhe haben werden vor ihm und seinen Leuten."

„Wer hat Ruhe vor wem?" fragte eine etwas rauchige Frauenstimme.

Bianca Águia war erschienen. Großgewachsen, sehr schlank und von vornehmem Antlitz stand sie da. Ihr rötlichbraunes Haar war immer noch, wie heute Morgen, zu einem strengen Haarknoten zusammengebunden. Sie trug denselben Arztkittel, den sie auch am Vormittag getragen hatte. Allerdings war er nun bis nach unten hin zugeknöpft. Ihre zarten Füße und schmalen Waden waren nackt. Die High Heels waren weißen Sandalen gewichen. Obwohl auch diese leicht erhöhte Absätze hatten, wirkten sie weitaus praktischer und bequemer.

Sie hat sich umgezogen, dachte Angelina. Irgendwann in Laufe des Tages sind ihr die Nylonstrümpfe zu heiß und die hochhackigen Schuhe zu anstrengend geworden. Warum hat sie diesen Kram heute Morgen überhaupt getragen? Ist das bei Vorstellungsgesprächen neuerdings üblich?

Laut sagte sie: „Boa noite, Frau Águia! Wir haben einen Verletzten hergebracht. Er hat schlimme Verbrennungen im Gesicht. Können Sie ihm helfen?" Sie deutete auf die Tragebahre, die in einiger Entfernung neben der Säule am Boden lag.

Bianca Águias Augen folgten ihrer Geste. Sie setzte sich in Bewegung. Ihre hübschen, langen Beine, die auch unter dem Arztkittel deutlich zur Geltung kamen, trugen sie in wenigen Sekunden zum Ziel. Angelina und Daniel folgten ihr.

Die Ärztin sah auf den Verletzten hinab. Ohne sich hinzuknien oder sich nach ihm zu bücken, stellte sie fest: „Sieht schlimm aus. Sehr schlimm! Nicht lebensgefährlich, sofern er noch heute Nacht behandelt wird. Aber als Model wird der arme Kerl garantiert niemals arbeiten können. Höchstens auf dem Rummelplatz in einer Geisterbahn!"

„Heißt das, Sie behandeln ihn hier?" fragte Angelina zögernd und hoffnungsvoll.

„Das heißt erst mal gar nichts!" erwiderte Bianca Águia kaltherzig. „Ich mache heute sowieso gar nichts mehr! Weißt du, wie lange ich schon wach bin? Schon heute

Vormittag, als du in meinem Büro warst, war ich seit Stunden auf den Beinen."

Angelina hielt es für klug, bewundernd und mit großen Augen zu nicken. Ansonsten schwieg sie.

Seufzend ging die Ärztin in die Hocke. Sie besah sich den Patienten nun doch aus der Nähe. Nach wenigen Sekunden erhob sie sich wieder.

„Hat er eine Versicherung?" fragte sie streng. „Ohne Versicherung können wir ihn hier nicht behandeln. Dies ist kein Hospital für Jedermann."

„Sie haben mir Ihre Hilfe angeboten, als ich heute Morgen aus Ihrem Büro ging", erinnerte Angelina sie. „Sie sagten, dass Sie einmal etwas für mich tun könnten."

Bianca Águia stutzte einen Moment lang. „Also hat er wohl keine Versicherung!" stellte sie fest. „Sehr schlecht!" Dann grinste sie. Es war kein humorloses Grinsen, eher ein etwas spöttisches.

„Richtig, ich erinnere mich", antwortete sie. „Du bist beleidigt aus meinem Büro gestürmt, mein Täubchen. Wohl, weil ich etwas forsch mit meinen Worten war. Das ändert aber nichts daran, dass der Kerl ohne Krankenversicherung hier fehl am Platz ist! Warum, glaubst du, sollte ich mich dafür einsetzen, dass er hier kostenlos behandelt wird? Wer ist das überhaupt? Ein Verwandter von dir?"

Betrübt über die abweisenden Worte schüttelte Angelina den Kopf. „Er ist einfach nur ein Typ, der Pech gehabt hat. War zur falschen Zeit am falschen Ort. Hat das Falsche gesagt und getan."

Die Ärztin musterte das Mädchen, das da vor ihr stand und schier Unmögliches von ihr verlangte. Sie hatte ihr ein Verbrechensopfer aus der Favela hergebracht und damit Ärger eingeschleppt! Wie eine Katze, die einen zerrupften Vogel bringt. Sie sollte gefälligst ihre Favela mit all ihren Widrigkeiten für sich behalten! War die Abfuhr bei dem Bewerbungsgespräch heute Vormittag nicht deutlich genug gewesen?

Aber die Kleine sah auch süß und bemitleidenswert aus. Außerdem geradezu unheimlich scharf, mit ihren dicken Titten, den wirren blonden Haaren und der verschwitzten gebräunten Haut. Sie wirkte, als hätte sie eine lange schmutzige Schlacht geschlagen. Ihre kurzen knappen Jeans waren ausgefranst. Sie gewährten einen großzügigen Ausblick auf ihre wohlgeformten Beine. Das ehemals weiße, mit einer bunten Palme bedruckte T-Shirt war alles andere als sauber. Es wies einige Schmutz- und Blutflecken auf und stank nach Schnaps. Ihr langes blondes Haar hing ihr in breiten Strähnen vom Kopf.

Ganz besonders berauschend waren diese saftig-prallen, geradezu unanständig großen Brüste! Wie enorme, vielversprechende Glocken prangten sie an ihrem Oberkörper und läuteten das stumme Lied der blanken Sinneslust. Deutlich zeichneten sich ihre Nippel unter dem Stoff ab. Wie es wohl war, an diesen Nippeln zu saugen? Wie es wohl war, von diesem schönen zarten Mund mit den vollen Lippen geküsst und geleckt zu werden?

Bianca Águia fühlte sich müde. Sehr müde, ausgelaugt und überbeansprucht von diesem langen Arbeitstag. Vier Bewerbungsgespräche waren an diesem Morgen nur der harmlose Auftakt gewesen zu einem Tag, der ihr die Arbeit an mehreren schwierigen Operationen beschert hatte.

Doch war es nicht gerade deshalb an der Zeit, sich endlich zu entspannen und den Feierabend einzuläuten? Soweit sie wusste, war derzeit nicht allzu viel los im Hospital. Zumindest eine notdürftige Versorgung für den armen verbrannten Kerl konnte sie wohl verantworten. Selbst wenn der weder ausreichend Geld noch eine Krankenversicherung vorweisen konnte. Ihn jetzt einfach an eines der staatlichen Krankenhäuser zu verweisen, wäre nicht sehr nett gewesen.

„Okay, Kleine. Ich werde sehen, was ich tun kann", sagte Bianca Águia bedächtig und machte einen Schritt auf Angelina zu. Diese wich nicht zurück, sondern sah mit einem skeptischen und etwas leidenden Gesichtsausdruck zu der Ärztin auf.

„Vorausgesetzt, du kannst auch etwas für mich tun!" fuhr Bianca Águia fort.

„Was wollen Sie von ihr?" fragte Daniel stirnrunzelnd.

„Misch dich da nicht ein", empfahl die Ärztin, ohne ihn anzublicken. „Falls du nicht willst, dass dein Freund ansonsten vielleicht doch noch vor geschlossener Tür steht… beziehungsweise liegt!"

„Er ist nicht mein Freund!" entgegnete Daniel angriffslustig. Doch Angelina fasste ihn am Oberarm und sah ihn mit bittendem, eindringlichem Blick an. Sei still! sagte dieser. Das Wichtigste ist jetzt, dass dem Zebra geholfen wird! Furchtbar genug, was ihm passiert ist! Das wird auch weiterhin sein Leben beschatten! Dagegen ist unser Dasein paradiesisch.

„Ich werde mich um die Versorgung des Verletzten kümmern!", versprach Bianca Águia, während sie nach ihrem Mobiltelefon griff. „Seine Wunden werden fachmännisch verarztet. Jetzt gleich! Er muss aber so bald wie möglich in eines der staatlichen Krankenhäuser verlegt werden. Spätestens, wenn sich sein Zustand etwas stabilisiert hat und er bei Bewusstsein ist."

„Danke!" hauchte Angelina und strahlte die Ärztin an.

Diese trat noch einen weiteren Schritt auf sie zu. Nun stand sie dicht vor ihr. In unmittelbarer Nähe zu diesen sagenhaft großen Busen! dachte sie. Dieses junge Ding aus Rocinha steht in seinem vollsten Saft! Ich will wissen, wie es schmeckt… Noch heute Nacht! Als Belohnung für meinen unmenschlich anstrengenden Tag.

„Wir gehen in mein Büro, du und ich!" sagte sie in einem Tonfall, der keinen Widerspruch duldete. „Es gibt noch einige Formalitäten zu klären. Das wird Zeit in Anspruch nehmen. Dein Freund braucht nicht zu warten."

Angelina wusste nur zu genau, um was es sich dabei handelte. Schon beim morgendlichen Bewerbungsgespräch hatte sie die vielsagenden Blicke der Ärztin richtig gedeutet. „Ich gehe mit Ihnen!" beteuerte sie erleichtert und auch etwas unterwürfig. „Ich werde alles tun, was Sie von mir verlangen."

Bei diesen Worten musste Bianca Águia schlucken. Mit einem Mal lief ein warmes

Kribbeln der Macht über ihre Oberschenkel. Es reichte bis zu ihrer Scham. Ihre Nervenenden zitterten in einer Mischung aus Aufregung und Vorfreude. Gleich, gleich war es soweit! Sie würde die kleine Schlampe aus der Favela besitzen! Wenn auch nur für wenige Stunden.

Daniel wurde flau im Magen. In beinahe ohnmächtiger Hilflosigkeit musste er sich eingestehen, dass er an diesem Ort keinerlei Mitspracherecht oder Einfluss besaß. Das bedauernswerte Zebra war auf Gedeih und Verderb dem Willen dieser hochmütigen Ärztin ausgeliefert. Und Angelina hatte es vielleicht in der Hand, diese dazu zu bringen, ihr Bestes zu geben für die Rettung des Opfers. Mit welchen Mitteln auch immer.

„Fahr mit dem Motorrad zurück!" empfahl Angelina. Sie umarmte Daniel rasch und heftig. „Morgen früh komme ich mit dem Bus nach. Mach dir keine Sorgen! Das Zebra ist hier in guten Händen. Nicht wahr?" Sie schaute sich nach der Ärztin um. Diese nickte bestätigend.

Daniel kniff die Lippen zusammen. Er schwieg grimmig. Nur zu gut wusste er, was diese lüsterne Frau im weißen Kittel von seiner Freundin wollte. Aber ihm blieb keine Wahl. Er musste sich fügen. Sonst würde er die Rettungsaktion im letzten Moment verzögern.

„Okay", sagte er tonlos. „Ich gehe dann mal. Wir sehen uns bald." Er drückte Angelina einen leichten Kuss auf den Mund und wandte sich dem Ausgang zu.

„Komm!" sagte Bianca Águia zu Angelina und wies mit dem Finger auf den Lift. Sie sprach in ihr Handy und ordnete an, den Verletzten aus der Eingangshalle in einen Behandlungsraum zu bringen.

Im Lift standen sie sich gegenüber, während das metallene Surren ihren Aufstieg verkündete.

„Du weißt, was ich von dir erwarte?" fragte die Ärztin ernst.

„Ja", antwortete Angelina gehorsam. „Ich bin jetzt ganz für Sie da."

„Allzu viel Energie habe ich nicht mehr. Aber nach einer Dusche und einem starken Kaffee wird es gehen."

„Vermutlich, ja."

„Weißt du, was genau ich damit meine?"

„Sie haben vermutlich etwas vor mit mir… Etwas Schmutziges."

„Na ja… Schmutziger als du momentan bist, wirst du dadurch auch nicht werden. Außerdem verfügt mein Büro neben dem Vorzimmer für die Sekretärin auch noch über einen Ruheraum. Und ein Badezimmer!"

Angelina schloss ihre Augen, als der Lift stoppte und ein Klingeln das Öffnen der Tür ankündigte. Sie atmete tief ein und aus. Gleich würde sie zum ersten Mal in ihrem jungen Leben erfahren, wie es war, Sex mit einer Frau zu haben.

***

Als Angelina frisch geduscht und mit einem großen Handtuch umwickelt aus dem Bad kam, fand sie Bianca Águia in deren Ruheraum völlig nackt vor. Sie lag mit langen gespreizten Beinen auf der Couch. Das Sitzmöbel war recht groß und bequem. Es war mit einem karierten glänzenden Stoff bezogen und hellblau.

Wenn das mal keine Flecken gibt! dachte Angelina. Wer weiß, was diese geile Hündin mit mir vorhat!

Bianca Águia sah gut aus. Ihr großer, schlanker Körper war trotz ihrer Größe mehr zierlich als knochig. Ihre Haut war viel heller als die Angelinas. Sie hatte einen sehr feinen Teint. Ihre Pupillen von der Farbe gefrorener Haselnüsse stachen eisig und forsch aus ihrem blassen Gesicht hervor. Sie hatte noch vor Angelina geduscht und dabei ihren Haarknoten gelöst. Jetzt zeigte sich, dass ihr rötlichbraunes Haar recht lang war. Es umspielte die zarte Haut unterhalb ihrer kleinen, spitz zulaufenden Brüste.

Die Alte hat überhaupt keine Hängetitten! dachte Angelina. Sie ist ja auch nicht wirklich alt, höchstens dreißig. Dennoch war die Ärztin damit natürlich viel älter als sie selbst.

„Leck meine Muschi!" befahl Bianca Águia, ohne Zeit zu verlieren. „Lutsch das Ding, als wäre es ein Salzstein und du die Eselin!"

Angelina ließ sich auf der Couch nieder und kniete auf allen Vieren vor der Ärztin. Die weit gespreizten Beine machten den Weg frei zu ihrer Scham. Die Frau war rasiert. Ihr Schamhaar war noch in Stoppeln vorhanden. Es war schwarz. Ein Beweis dafür, dass ihr braunes Kopfhaar auf jeden Fall gefärbt war.

Die Möse roch gut. Zwar etwas säuerlich, aber auf eine angenehme Weise. Wie eine frische Limone. Angelina ließ ihren Kopf sanft auf den Schamhügel sinken. Sogleich tastete sie mit ihrer Zunge nach der Spalte. Die Scheide war erschreckend kühl. Die Schamlippen wirkten fast wie etwas, das bis vor kurzem noch im Kühlschrank aufbewahrt worden war.

Wie kalt sie ist! durchfuhr es Angelina schaudernd, als sie zu lecken begann. Wie kann überhaupt irgendeine Muschi auf diesem Erdball so kalt sein?

Schneller als gedacht kam die Águia in Fahrt. Möglicherweise hatten der Stress und die Ereignisse des harten Arbeitstages ihr so zugesetzt, dass sich die sexuelle Spannung nun entlud wie ein heftiges Sommergewitter. Noch nie hatte Angelina eine weibliche Spalte geleckt. Schwänze gelutscht hatte sie schon einige, wenn auch nicht besonders viele. Aber das Geschlecht einer Frau mit der Zunge zu massieren war anders. Ganz anders. Sie ging dabei sehr zärtlich vor. Ständig hatte sie das Gefühl, etwas falsch zu machen. Im Gegensatz zu den Picas der Männer schien diese Scheide sehr feingliedrig, vielschichtig und verletzlich zu sein. Eine zarte rosige Blüte aus Fleisch, die darauf wartete, bestäubt zu werden.

Bald schon fühlte Angelina zwei lange, schlanke Oberschenkel, die gegen ihren Kopf gepresst wurden. Der Unterleib der Ärztin hob und senkte sich unter den ungestümen Leck-Attacken der stürmischen jungen Zunge.

„Du kannst es!" stöhnte Bianca Águia. „Du kleines Luder aus Rocinha kannst es tatsächlich!"

Die beste Fotzenleckerin der Favela! dachte Angelina amüsiert. Zum Glück sieht das hier niemand!

Allmählich verwandelte sich das vorhin nur angefeuchtete Gefilde in einen klatschnassen Sex-Sumpf. Nicht nur die inneren, auch die äußeren Schamlippen waren bald getränkt vom Scheidensekt. Auch Angelinas Mund und Kinn, ja, selbst ihre rundliche kleine Nase waren ölig beschmiert vom bittersüßen Liebessaft.

Die Ärztin geriet zunehmend in eine unaufhaltsame Raserei. Ohne Rücksicht auf Stil und Anstand fing sie an, laut zu keuchen. Wie auf einem extrem anstrengenden Marathonlauf oder bei einer Geburt.

„Jetzt die Hand!" schrie sie erregt. „Gib mir die Hand, du Flittchen! Den Arm! Hinein mit dem Arm!"

Angelina formte ihre rechte Hand zu einer Kegelform, indem sie die Fingerspitzen zusammenführte. Vorsichtig stieß sie damit in die kühle Spalte der Ärztin, welche sich nun langsam zu erhitzen begann. Sie rannte gewissermaßen offene Türen ein... Beinahe mühelos glitt ihre Hand in die nasse Fleischhöhle. Schon war sie bis zum Handgelenk darin verschwunden, als die Ärztin kreischte: „Tiefer! Tiefer hinein, viel tiefer! Fick mich wie ein gottverdammter Baumstamm, du geile Göre!"

Angelina wuchs über sich selbst hinaus. Sie begann, die reifere Frau mit ihrem Arm zu befriedigen, als hätte sie in ihrem Lebtag nie etwas anderes gemacht. Schmatzend und mit geschmeidiger Anmut glitt ihr Arm immer wieder in die empfangsbereite und geweitete Spalte der geilen Ärztin. Sie spürte seltsame Kurven und Windungen unter ihren Fingern. Enge und verwinkelte Gänge tief im Innern der Scheide. Was um alles in der Welt war das? Auch wenn sie selbst noch sehr jung war, so musste sie doch die gleichen oder zumindest sehr ähnliche Formen in ihrem Unterleib haben. Freilich hatte sie es nie geschafft, diese bei sich selbst zu erkunden. Ihre Selbstbefriedigungen hatten sich sozusagen immer nur auf die Spitze des Eisberges beschränkt.

Welch gigantische und unerforschte Spielwiese der Lust wartete da später noch auf sie? Sie nahm sich vor, sich bald von Daniel in ähnlicher Weise verwöhnen zu lassen. Noch nie hatte der Pica eines Mannes so tief und geschickt in ihr herumgewühlt, wie sie das momentan mit ihrem Unterarm in dieser Frau tat.

Angelina hatte sich schon unzählige Male selbst gefingert. Doch aufgrund des Stoßwinkels war es ihr nie gelungen, dabei auch nur annähernd so tief einzudringen wie hier.

Waren die Türen dieses Büros überhaupt verschlossen? Hörte jemand das laute Lustgestöhne? Angelina war es letztlich egal. Die Ärztin musste am besten wissen, was sie sich wo erlauben konnte und wann.

Schließlich war es soweit. Bianca Águia bäumte sich im Augenblick ihres Kommens auf. Es sah aus, als würde sie den Orgasmus persönlich und ehrerbietend begrüßen wollen. Sie krallte ihre langen Fingernägel in Angelinas zarte, schmale Schultern hinein. Dort würden bald blutverschorfte Kratzer zu sehen sein. Angelina bumste sie weiter: kräftig, unbeirrt und mit zusammengebissenen Zähnen. Sie ließ ihren Arm immer noch auf- und abschnellen, selbst als dieser heftige Orgasmus langsam abzuebben begann.

An irgendeinem Punkt ihres Lustempfindens beschied Bianca Águia dem Mädchen, innezuhalten und mit dem Ficken aufzuhören. Sie hatte genug und fühlte sich ermattet.

Angelina zog ihren Unterarm aus der glitschigen Spalte. Diese fing überraschend schnell an, wieder etwas abzukühlen. Auch die Feuchtigkeit begann rasch zu trocknen.

„Das war gut!" hauchte die Ärztin. Sie lag noch einige Augenblicke lang still und mit ausgestreckten Gliedern auf der Couch. Dann erhob sie sich, um die Schachtel mit den Zigaretten zu holen.

Als sie sich eine angesteckt hatte und genüsslich paffte, wollte sich Angelina anziehen.

„Nicht so hastig!" bemerkte die Águia frohlockend und griff nach einer der straffen großen Busen ihrer jungen Gespielin. Sie legte ihre Hand unter die Brust und hob sie etwas an. Mit Zeigefinger und Daumen tastete sie nach der Brustwarze und zwirbelte sie gefühlvoll. Sie wurde rasch steif.

„Aufgepasst, du junges Ding", sagte sie und begann, mit der anderen Hand nach der zweiten Brust zu greifen. Die Zigarette steckte qualmend in ihrem Mundwinkel. „So schnell gibt es kein Entrinnen. Jetzt bist du an der Reihe!"

12: LICHT AM DUNKLEN ENDE DER NACHT

Vitória stand am Herd und brutzelte Rührei mit Speck. Sie hatte nur drei oder vier Stunden geschlafen, bevor der Anruf von Nicolas gekommen war. Ihr jüngster Sohn hatte versprochen, gegen neun Uhr vorbeizukommen. Damit zeigte er immerhin mehr Zuverlässigkeit als seine Halbschwester, die heute Nacht gar nicht heimgekommen war. Mit Sicherheit war da ein Junge im Spiel! Vitória hoffte es jedenfalls. Die möglichen Alternativen für das Nichterscheinen Angelinas waren viel erschreckender.

Offenbar hatte Nicolas die ganze Nacht in seinem Trainingscamp zugebracht. Das Camp stand allen Clubmitgliedern offen, die trainieren wollten. Es ging dort nicht nur um Fußball, sondern auch um Muskelaufbau und Ausdauertraining. Gerade jetzt, wo die Auswahlspiele begonnen hatten, trieb er sich ständig im Camp herum. Da es in der City und weit weg von Rocinha lag, übernachtete er oft dort. Vitória hatte manchmal den Verdacht, dass es ihm auch um Mädchen und Partys ging und er ihr so einiges verschwieg. Doch dabei war sie auch sicher, dass es ihm mit der Fußball-Karriere sehr ernst war. Er war in der Regional-Liga bereits weit aufgestiegen und galt dort als eines der hoffnungsvollsten Jung-Talente. Hoffentlich würde er sich das nicht noch versauen durch einen verkommenen Lebenswandel, wie ihn sein älterer Halbbruder Gustavol führte!

Wenn Nicolas um neun Uhr kommen würde, wollte sie ihm ein gutes Frühstück vorsetzen. Neben den Eiern gab es gebratenes Hackfleisch, frische Brotfladen und einen wunderbaren Obstsalat. Der Kakao, den er anstelle des Kaffees so gerne trank, stand schon in der Alu-Dose bereit. Er würde demnächst in einem Topf mit Milch aufgekocht werden.

Es klopfte gegen die dünne Tür der Wellblechhütte. Angelina? Nicolas? Doch nicht etwa Gustavol, torkelnd und besoffen?

„Hallo! Hallo! Bist du da, Engel?" rief eine helle, kratzige Stimme. Giovanna?

Vitória ging zur Tür und öffnete sie. Tatsächlich: Die Freundin ihrer Tochter stand draußen. Sie trug eine aufreizende, rote Netz-Bluse. Ihr Haar war zerzaust. Offensichtlich hatte sie die ganze Nacht über durchgezecht. In dem Fall würde sie es bald mit einem Kater zu tun kriegen, der größer war als ein indischer Königstiger.

„Angelina ist nicht zuhause", sagte Vitória. „Ich dachte, sie schläft vielleicht bei dir? Sie wollte zu einer Party."

„Da war sie auch", sagte Giovanna und kratzte sich am Kopf. Sie roch nach Schweiß, Parfüm und Alkohol. Ihr Lippenstift war verschmiert. Ihr Rouge und die Lidschatten waren nur noch in kümmerlichen Resten vorhanden. Sie sah die zutiefst besorgten Blicke Vitórias und wusste, dass es diesmal mit Schweigen und Achselzucken nicht getan war. Diese besorgte Mutter musste beruhigt werden, und zwar augenblicklich! Und das, obwohl Giovanna selbst nicht wusste, wo ihre Freundin jetzt war und wie es ihr ging. Ihr Vorsatz, ihr am frühen Morgen zu dem weit entfernten Hospital zu folgen, hatte sich in tiefen Pfützen von halbtrockenem Sekt und betäubenden Wolken von Marihuana aufgelöst.

„Angelina ist mit Daniel nach der Party in die Stadt gefahren", sagte sie vorsichtig. In ihrem Schädel rumorte es. „Sie haben einen der Gäste ins Krankenhaus gebracht, der sich... verletzt hat."

Vitória wusste für einen Moment lang nicht, ob sie sich aufgrund der neuen Information beunruhigt oder entspannt fühlen sollte. „Wer ist Daniel? Und womit sind sie in die Stadt gefahren?" wollte sie wissen.

„Erste Antwort: Ein ziemlich netter Kerl. Sie werden ihn bestimmt bald kennenlernen und ihn mögen. Zweite Antwort: Mit Gustavols Motorrad", antwortete Giovanna. Sie setzte schnell hinzu, als sie das Stirnrunzeln Vitórias bemerkte: „Sie sind ganz vorsichtig gefahren! Hab ich selbst gesehen. Nüchtern und langsam."

Vitória nahm sich fest vor, an den Wahrheitsgehalt dieser Aussage zu glauben. Sie wusste, was Giovanna für einen Job hatte und wie sie lebte. Das war in dieser Hinsicht aber ganz egal. Das Mädchen hatte einen guten Charakter.

Was habe denn ich für einen Job? dachte sie etwas geknickt, tief in ihrem Inneren. Bin ich besser als sie, die eine Nutte ist? Bin ich seit der Sache gestern Abend nicht selbst eine Nutte?

„Komm doch rein", sagte Vitória. Giovanna ließ sich das nicht zweimal sagen. Sie schlüpfte in den Raum und schloss die Tür hinter sich.

„Nicolas kommt noch!" erklärte Vitória. „Wir frühstücken nachher gemeinsam. Bleib doch eine Weile und iss mit uns!"

Giovanna nickte. Während Vitória sich wieder am Herd zu schaffen machte und mit den Töpfen klapperte, ging sie zu dem Fenster der Hütte. Vielmehr war es jene grob ausgeschnittene Öffnung in der dünnen Blechwand, die an den scharfkantigen Rändern dick mit Klebeband gesichert war.

Behutsam breitete Giovanna ihre Arme aus und berührte die Außenkanten der Fensteröffnung. Vor ihr lag die Favela Rocinha im jungen Licht der Morgensonne. Unzählige Dächer, Pappwände, Stromkabel und müllübersäte Grasnarben breiteten sich vor ihr aus wie ein riesiger Flickenteppich. Heute würde es wieder ein heißer Tag werden. Der Himmel war gleißend hell. Sein lichtdurchflutetes, fast weißes Blau knallte auf Rio de Janeiro herab und blendete jeden, der zu ihm aufsah.

Was war mit Vitória los? Irgendetwas war anders mit ihr heute. Waren es die

Sorgen um Angelina, Nicolas und Gustavol? Bisher hatte sie immer etwas auf Giovanna herabgesehen, so hatte es zumindest den Anschein gehabt. Allzu gern hatte sie es nie gesehen, wenn sich ihre Tochter mit der Nutte Gio herumtrieb. Doch nun hatte sie sie höflich, fast respektvoll und auf Augenhöhe behandelt. Sehr ungewöhnlich für diese stolze, rechtschaffene Frau, die sich etwas darauf einbildete, ihre Kinder mit mühevollen und „anständigen" Jobs durchzubringen.

Ohne vorher zu klopfen, wurde die Tür aufgerissen.

„Nicolas!" Vitória rief den Namen ihres Sohnes erfreut und erleichtert. Sofort war er bei ihr und umarmte sie. Er trug sein Fußballtrikot und war ziemlich verschwitzt. Als sie sich voneinander lösten, begrüßte er auch Giovanna mit Küssen auf beide Wangen.

„Bom dia, Gio!" sagte er lächelnd. „Schon so früh auf den Beinen?"

„Nicht schon – noch auf den Beinen!" entgegnete sie schnippisch. „Hab die ganze Nacht nicht geschlafen. Es war einfach zu aufregend. Zu viel ist passiert auf diesem heiligen Hügel!" Sie ließ ein aufrichtig heiteres Lachen hören.

Nicolas wandte sich Vitória zu. „Mama!" sagte er feierlich. „Es bahnt sich etwas Gutes an!"

Vitória legte eine Hand auf ihren Mund und schüttelte den Kopf. „Doch nicht etwa… die Talent-Scouts?" stieß sie hervor. Sie wagte es kaum zu hoffen, was sie ersehnte. Aus Angst, bodenlos enttäuscht zu werden.

„Die Scouts!" bestätigte Nicolas mit einem Grinsen, das immer breiter wurde. „Besser gesagt, einer von ihnen. Er war heute früh um halb sechs wieder da, als ich beim Morgentraining war. Hat mich schon öfter gesehen und eine gute Meinung von mir. Anscheinend hat er auch andere Kollegen von seinen Ansichten überzeugt! Inzwischen sind alle Scouts der Meinung, dass ich es zu etwas bringen kann. Zu etwas richtig Großem!" Er strahlte wie eine zweite Sonne, die als Konkurrenz zu der großen am Himmel nun in dieser bescheidenen Hütte schien.

„Heißt das…" Vitória stand nicht mehr ganz sicher auf ihren Beinen. Nicht wegen der anstrengenden Bumserei gestern Abend. Sondern weil sich nun, hier und heute, zum ersten Mal in ihrem Leben eine Chance bot, der Armut und Plackerei zu entfliehen. Und die Hurerei einzudämmen, welche gerade erst begonnen hatte.

„Das heißt, dass es sehr wahrscheinlich für mich ist, in die National-Liga zu kommen!" lachte Nicolas. „Ganz in trockenen Tüchern und offiziell ist es natürlich noch nicht. Aber die Talent-Scouts und vor allem der Cheftrainer haben es fest im Visier. Sie halten mich für den derzeit mit Abstand besten Mittelfeld-Stürmer der Jungmannschaften Brasiliens. In der Nationalmannschaft ist einer wegen Verletzung spielunfähig, wahrscheinlich das ganze Jahr, und…"

Weiter kam er nicht. Vitória stürzte sich auf ihn und umarmte ihn aufs Neue. „Mein Sohn!" schrie sie. „Ich wusste, du schaffst es! Du schaffst es!"

Giovanna freute sich still mit Nicolas über den Erfolg, der ihm winkte. Fasziniert dachte sie darüber nach, was heute Morgen vielleicht passiert oder eben nicht passiert wäre, wenn er weniger streng zu sich selbst und deshalb auf der gestrigen Party dabei gewesen wäre. Mit einem Kater und noch betrunken im Bett liegend hätte er vielleicht alles zunichte gemacht. Heute war womöglich der entscheidende Tag in seinem Leben, der alles verändern würde. Sein Tag, den er vortrefflich genutzt hatte!

Mitten in ihre Überlegungen hinein klingelte Giovannas Handy. Sie ging ran. Als sie Angelinas Stimme hörte, blinzelte sie nervös. Eine Minute oder länger hörte sie aufmerksam zu, dann kicherte sie in den Hörer: „Du hast den Job doch noch gekriegt und wirst Krankenschwester? Na, Glückwunsch, du Engel aus Rocinha!"

Vitória bat Giovanna gestenreich um das Mobiltelefon und erhielt es sogleich. „Angelina!" stieß sie hervor. Sie lachte beschwingt und glockenhell ins Mikrofon wie eine Überglückliche oder eine Irre. „Angelina, wir können alle froh sein! Das Leben ist wunderbar! Hör zu, was ich dir zu erzählen habe…"

Sie erzählte.

Währenddessen stieg die Sonne immer höher über die schier endlosen Hügel der Favelas. Sie umspielte längst auch schon den alles überragenden Zuckerhut, wo sie sich in den Fenstern der vollverglasten Seilbahn wiederspiegelte. Ihr warmes gelbes Licht streichelte die dreißig Meter hohe Christus-Statue auf dem Berg Corcovado.

Jesus segnete sie alle. Die Armen und die Reichen, die Gläubigen und die Gottlosen, die Huren und die Freier, die Guten und die Bösen, die Kleinen und die Großen. Unermüdlich sandte er das Symbol seiner Menschenliebe über Rio de Janeiro, über ganz Brasilien, ja, die ganze Welt aus.

Eine Liebe, die so bedingungslos, unerschöpflich und ewig ist, dass sie die Leben derer, die sie in ihren Herzen willkommen heißen, erblühen lässt zu immer höherer Vollendung und Glückseligkeit.

ENDE

Aktuelle Infos und noch mehr erhalten Sie unter
www.rhino-valentino.com
und
www.stumpp.cc

MEHR LIEFERBARE TITEL:

SEX IM ALTEN ROM 1: Die Sklaven   EBOOK
ISBN 978-3-86441-012-3
Historische Erotik-Romanserie vom extravaganten Schriftsteller des Lasters und der Leidenschaft: Rhino Valentino. Geschrieben für reife Leserinnen und Leser. Neben intensiven Schilderungen verschiedenster Erotik-Szenen enthalten diese Geschichten eine kräftige Brise Humor. Sie beleben augenzwinkernd das Genre der Erotik-Parodie… In einer geschliffenen, messerscharfen Sprache entführt Sie der Autor Rhino Valentino in die schamlose, dekadente Welt des alten Roms!
SEX IM ALTEN ROM 2: Die Schamlosen   EBOOK
ISBN 978-3-86441-013-0
SEX IM ALTEN ROM 3: Die Orgie   EBOOK
ISBN 978-3-86441-014-7
SEX IM ALTEN ROM 1-3 Sammelband   EBOOK
ISBN 978-3-86441-015-4
SEX IM ALTEN ROM 1-3 Sammelband   PAPERBACK
ISBN 978-3-86441-016-1
SEX IM ALTEN ROM 4: Das Signum der roten Laterne   EBOOK
ISBN 978-3-86441-017-8
SEX IM ALTEN ROM 5: Dunkle Exzesse   EBOOK
ISBN 978-3-86441-018-5
SEX IM ALTEN ROM 6: Medusa der Eunuch   EBOOK
ISBN 978-3-86441-019-2
SEX IM ALTEN ROM 4-6 Sammelband   EBOOK
ISBN 978-3-86441-020-8
SEX IM ALTEN ROM 4-6 Sammelband   PAPERBACK
ISBN 978-3-86441-041-3

SEX IM BUSCH 1: Die Schöne am Fluss   EBOOK
Heiterer und schweinischer Erotik-Roman in drei Teilen. Von Rhino Valentino.
ISBN 978-3-86441-029-1
Belgisch Kongo, 1912: Barnabas Treubart ist ein stattlicher Mann in den mittleren Jahren, erfahrener Afrika-Reisender und Missionar in eigener Sache. Eines Tages beobachtet er eine wunderschöne, junge schwarze Frau am Fluss. Es ist Muluglai, die edle Tochter eines

Häuptlings. Sie wird von einem grausamen, abscheulichen Krieger überrascht, der sie vergewaltigen und töten will. Als Barnabas ihr zur Hilfe eilt, ahnt er noch nicht, dass dieses Zusammentreffen ihn in seinen moralischen Grundfesten zutiefst erschüttern wird. Auf den kleinen, dicken Mann mit dem mutigen Herzen eines Löwen warten abnorme Abenteuer mit wilden Kannibalen und Raubtieren, wundersame Begegnungen mit Eingeborenen, dunkle Geheimnisse des Voodoo-Kults... und eine neue, faszinierende Welt schamloser sexueller Ausschweifungen! Erotik, Spannung und Humor mischen sich in diesem Werk zu einem deftigen Buchstaben-Menü: Scharf gewürzt, heiß und fettig, aber gut bekömmlich.

SEX IM BUSCH 2: Im Treibsand der Sünde   EBOOK
ISBN 978-3-86441-032-1
SEX IM BUSCH 3: Im schwarzen Reich der Kannibalen   EBOOK
ISBN 978-3-86441-034-5
SEX IM BUSCH 1-3 Sammelband   EBOOK
ISBN 978-3-86441-036-9
SEX IM BUSCH 1-3 Sammelband   PAPERBACK
ISBN 978-3-86441-037-6

FICKEN HEUTE! 1 & 2 Doppelband   EBOOK
ISBN 978-3-86441-028-4
Stark erotische, deftige XXL-Doppel-Story über Porno-Drehs und heiße Nächte in Jamaika. Rhino Valentino hat Danielas brisante Geschichte in einer direkten, eisblumigen Sprache geschrieben, die nicht um den heißen Brei herumredet, sondern direkt in ihn hineinklatscht! Mit einem Vorwort des Autors.
FICKEN HEUTE! 1: Daniela und der Porno-Dreh   EBOOK
ISBN 978-3-86441-038-3
FICKEN HEUTE! 2: Daniela und die Sex-Karriere   EBOOK
ISBN 978-3-86441-039-0
FICKEN HEUTE! 1 & 2 Doppelband   PAPERBACK
ISBN 978-3-86441-040-6

BUMSEN IN BRASILIEN 1: Strand der heißen Sünden EBOOK
ISBN 978-3-86441-031-4
BUMSEN IN BRASILIEN 2: Favela Party EBOOK
ISBN 978-3-86441-033-8
BUMSEN IN BRASILIEN 3: Mehr als nur ein Kuss im Bus! EBOOK
ISBN 978-3-86441-035-2
BUMSEN IN BRASILIEN 1-3 Roman von Rhino Valentino EBOOK
ISBN 978-3-86441-042-0
BUMSEN IN BRASILIEN 1-3 Roman von Rhino Valentino PAPERBACK
ISBN 978-3-86441-043-7

www.ingramcontent.com/pod-product-compliance
Lightning Source LLC
Chambersburg PA
CBHW080903120626

46555CB00008B/2930